KB274255

어부바 앱에 접속하셨습니다

어부바 앱에 접속하셨습니다

# 어부바 앱에
# 접속하셨습니다

**지은이** 김경미
**펴낸날** 2026년 2월 20일 초판 1쇄
**펴낸이** 위혜정, 윤기홍 **| 기획·편집** 스토리콘 **| 디자인** 김송이, MALLYBOOK
**펴낸곳** 따끈따끈책방㈜ **| 주소** 서울특별시 마포구 양화로186 LC타워 604호
**전화** 070-8210-0523 **| 팩스** 02-6455-8386 **| 메일** chucreambook@naver.com
**출판등록** 제2023-000176호



ISBN 979-11-24223-04-8  43810



**슈크림북**은 따끈따끈책방㈜의 아동 청소년 브랜드입니다.
instagram.com/chucreambook

# 어부바 앱에 접속하셨습니다



김경미 장편소설

슈크림북

차례

1
전강우
활동 닉네임 - 크리에이트뉴월드

**01**

띠링!

앱 알람음에 눈을 떴다. 강우는 눈을 비비고 머리맡을 더듬어 휴대폰을 찾았다. 휴대폰 화면이 켜지면서 나오는 빛에 눈이 부셔 잠시 얼굴을 찡그렸다.

휴대폰에서 숫자 5와 3, 0이 밝은 빛을 내며 5시 30분을 알리고 있었다.

'아니, 이 새벽부터 뭐야.'

살짝 짜증이 일었지만 강우는 바로 앱을 클릭했다. 강우가 접속한 앱 이름은 '어부바'. '어디든 부르면 바로 달려갑니다.'를 줄인 말이다.

어부바 앱은 고등학생들끼리의 도움 공유 앱이다. 처음 나왔을 때는 별 반응이 없었지만 아이들 사이에서 알음알음으로 점차 퍼져 나갔다. 학교, 학번, 이름 등으로 고등학생이라는 걸 증명해야 가입할 수 있다는 조건 자체가 강우에게도 매력으로 다가왔다.

가입자라면 누구라도 도움이 필요할 때 '임무'를 올릴 수 있다. 그러면 앱 가입자 중 그 임무를 할 수 있는 사람이 '찜'을 누른다. 임무를 올린 자가 찜을 한 신청자 중 한 명을 고른다. 그러면 그 사람은 일명 '포대기'가 된다. 포대기는 그 임무를 수행하는 역할을 한다.

임무 게시판에 새로운 임무가 떠 있었다. 지역도 강우네 집 근처다. 임무는 이랬다.

---

오전 9시부터 오후 3시까지 **스터디 카페에서 수업을 받으시면 됩니다.

1회 강의입니다. 들킬 걱정은 하지 않아도 됩니다.

선생님이 학생 얼굴을 몰라요. 이름은 '유주빈'이라고 하시면 돼요.

이번 6모 전, 대치동에서 유명한 일타 쌤 초빙해서 여는 강의입니다.

강의 듣고 테스트까지 치르면 됩니다.

임무 수행료 외에 이번 모의고사에서 점수를 높일 수 있는 기회!

개이득! 놓치지 마시기를.

**끝까지간다**

---

강우도 중학교 때까지는 나름 상위권 성적을 유지했다. 최선을 다해 열심히 공부했다. 남들보다 뒤지는 조건, 흔히들 말하는 흙수저를 물고 태어난 걸 극복하는 건 성공하는 길밖에 없다고 생각했다. 그리고 성공하기 위해서는 공부밖에 없다고 생각했다.

학원에 다닐 여유가 없었던 강우는 수업 시간에 그 누구보다 집중했다. 다른 애들이 다 엎드려 자고 있을 때도 눈에 불을 켜고 수업을 들었다. 수업이 끝나면 선생님들을 붙잡고 모르는 걸 질문했다. 선생님들이 지쳐 혀를 내두를 때까지. 그렇게 배운 내용과 다음에 배울 내용을 밤늦게까지 공부하고 잠자리에 들었다.

그런 노력에도 불구하고 다른 애들을 따라가기에는 역부족이었다. 어느 선 이상에서 자꾸만 막혔다. 그 선은 마치 질긴 가죽으로 되어 있는 것 같았다. 아무리 뚫고 올라가려고 해도 절대 뚫리지 않는.

그런데 바로 이런 것 때문이었던 거다. 이렇게 일타 강사를 초빙해, 그들이 시험에 나올 문제들을 쏙쏙 뽑아 주면 그것만 달달 외우는 애들을 어찌 이기겠느냔 말이다.

임무를 가만히 보고 있는데 과거의 자신이 한심해 한숨이 나왔다. 그러면서 한편으로 증오심이 피어올랐다. 학교에는

'체험 학습'이라는 거짓 증명서를 내고 결석하는 거겠지. 이렇게 뒤에서 다른 공부를 하기 위해서. 비겁한 반칙을 쓴다는 게 화가 났다. 하지만 강우 증오심의 끝이 닿아 있는 건 거기가 아니었다. 그런 사실은 이미 예전부터 어느 정도는 짐작하고 있었으니까.

강우는 아무나 가질 수 없는 기회를 이렇게 아무렇지 않게 다른 사람한테 넘길 수 있는 의뢰자, 그러니까 주빈이라는 애한테 가장 화가 났다. 강우 자신이 그토록 갈구하는, 아니 갈구했던 기회를, 갖고 싶어도 갖지 못한 기회를 다른 애한테 그것도 돈까지 주면서 떠넘기니 말이다. 이 애와 내가 뭐가 그렇게 다른 거지? 그냥 돈 많은 부모 만난 것밖에 없잖아, 하는 분노.

하지만 얼른 생각을 바꿨다.

'그래, 그래도 너 같은 것들 덕분에 내가 편하게 돈을 벌 수 있는 거지.'

문제는 평일 낮, 그러니까 학교에 있어야 할 시간에 해야 하는 일이라 학교를 빠져야 한다는 거다. 그래서인지 임무 옆에 붙은 조회 수는 이미 50회를 넘겼지만 '찜'을 누른 횟수가 몇 되지 않는다. 하루에 10만 원을 벌 수 있는 일인데도 불구하고.

강우는 더 망설이지 않고 '찜'을 눌렀다.


## 02


'띠리링.'

잠깐 다시 눈을 붙인 사이, 임무 작성자의 결재가 떨어졌다. 강우에게 포대기의 역할이 주어진 거다. 임무를 잘해 내면 '업력'이 오른다. 업력은 임무를 올린 자가 만족스러울 때 보내 준다. 일종의 '좋아요'나 '하트' 같은 역할이랄까. 비록 돈이 되는 건 아니지만 다른 임무를 할 때 선택받을 가능성이 높아진다. 업력은 일종의 신뢰 지수 같은 거니까. 당연히 업력이 높은 강우는 자신이 선택될 거라 예상했다.

강우는 일단 씻으려고 욕실로 향했다. 막 들어가려는데 안에서 물소리가 흘러나왔다. 아빠가 퇴근한 모양이었다. 아빠 직장은 택배 회사다. 개인이 운영하는 작은 회사다 보니 직원은 아빠뿐이다. 사장은 낮에 일하고 아빠는 밤에 일하는 야간조, 오후 9시에 출근해서 새벽 6시에 퇴근한다.

기다리며 컴퓨터를 켰다. 오래된 컴퓨터라 전원이 켜지는 데만도 한참이 걸렸다.

‘이걸로 내가 뭘 하겠다고.’

최신 맥북을 사려고 돈을 모으는 중이지만 아직 반의반도 모으지 못했다. 그마저도 이번 달은 다른 데 써야 해서 건너뛰어야 할 판이다.

조금 뒤 물소리가 멈추는 듯하더니 벌컥 문이 열렸다. 팬티와 러닝셔츠만 걸친 아빠가 몸을 잔뜩 움츠린 채 몸을 부르르 떨었다.

“또 찬물로 샤워한 거야?”

“땀 흘리고 와서 일부러 그런 거야.”

거짓말이다. 온수 비용이 아까웠겠지. 강우는 물도 벌벌 떨며 아껴 쓰는 아빠가 답답했다. 매달 대출금의 원금과 이자를 갚고도 저축할 돈을 남긴다고 저리 궁상맞은 거다.

“그나저나 아침부터 또 컴퓨터 붙잡고 있는 거냐?”

아빠가 피곤이 덕지덕지 붙은 얼굴로 물었다. 말투에 질책하는 기세가 가득했다.

아빠는 늘 주장한다. 안정된 직장에서 성실하게 일하는 게 최고라고. 그러면서 늘 강우에게 공부 열심히 해서 좋은 직장에 들어가라고 강요한다.

강우는 아빠의 생각에 절대 동의하지 않는다. 몸으로 돈을 버는 건 구시대적이라고 본다. 성실만으로는 가난한 신세를 절대 벗어날 수 없다. 강우는 성실을 강조하는 아빠에게 이렇게 반박한다. 자신은 획기적인 아이디어로 앱이나 플랫폼을 만들어 일확천금을 얻을 거라고. 당연히 아빠는 그런 강우를 인정하지 않는다. 오히려 뜬구름 잡는다며 한심해하는 눈치다. 고지식한 아빠가 이해할 수 없겠지.

"아 참, 너 이어폰 필요하다며? 식탁 위에 봐 봐."

강우는 얼마 전 무선 이어폰 한 짝을 잃어버렸다. 어부바 앱에서 학원 과제를 대신해 달라는 임무를 수행하고 받은 돈을 몽땅 털어 산 이어폰이었다. 하룻밤을 꼬박 새워 한 일이었는데⋯⋯. 너무 망연자실한 나머지 사 줄 리 만무하다는 걸 알면서도 아빠한테 홀리듯 말한 거다.

"정말?"

기대 가득한 얼굴로 식탁 위 종이 가방을 들여다본 강우의 얼굴은 바로 구겨졌다. 안에는 중저가 브랜드 유선 이어폰이 하나 들어 있었다.

"마침 거래처에서 사은품으로 주지 뭐냐. 정말 잘됐지?"

성실히 일만 할 줄 알았지 시대의 흐름은 전혀 모르는 아빠가 강우는 갑갑했다. 하지만 아무 말 하지 않고 그저 이어폰을 챙겨 방으로 가져갈 뿐이었다. 이런 걸 폼 안 나게 어떻게 끼고 다니냐, 노이즈 캔슬링도 안 되지 않냐고 한마디라도 하면, 아빠는 이어폰이 잘 들리기만 하면 되는 게 아니냐고 반문할 게 뻔했으니까.

막 현관을 나서려는데 방에서 졸음 가득한 아빠 목소리가 흘러나왔다.

"오늘도 최선을 다하고."

강우가 등교할 때마다 아빠는 주문을 외듯 그 말을 외친다.

강우는 속으로 대답했다.

'네, 제 방식의 최선을 다할게요.'

강우에게는 일을 고르는 데 중요한 원칙이 있다. 이왕 돈을 벌더라도 폼나는 일로 벌어야 한다는 것. 한번 힘든 일을 하면 평생 그런 일을 하면서 살아야 할 것 같았기 때문이다. 만약 일하다 친구들에게 들키더라도 돈 때문에 일하는 게 아니라는 걸 보여 줄 수도 있고.

사실 강우가 처음부터 그런 건 아니었다. 성실하게 이런저런 아르바이트를 구하려고 노력도 해 봤다. 고등학생 신분으로 알바를 한다는 건 쉬운 일이 아니었다. 일단 받아 주는 데가 별로 없었다.

"요새 애들은 책임감이 없어서. 이전에도 이틀 일하더니 연락도 없이 안 나왔다. 나중에 일한 만큼 돈 보내 달라는 문자나 보내고 말이야. 싸가지 없이."

처음 면접을 본 편의점 사장님은 고등학생이라는 말에 고개를 절레절레 저었다.

"엠제트란 애들은 다 그런 거냐? 시키는 일 이외에는 다른 건 아무것도 하지 않아. 주인 의식이 없다고."

고깃집 사장님은 이렇게 툴툴댔다. 주인이 아닌데 웬 주인 의식을 논하는 건지. 그럼 주인 대접이라도 해 주든지.

"너도 일 안 하고 휴대폰만 들여다보는 거 아니야?"

카페 사장님은 이렇게 떠보더니 아무래도 안 되겠다고 거절했다.

멀리 떨어진 동네 편의점에서 겨우겨우 첫 자리를 구했다. 한시름 놓는 것도 잠시였다. 사장님은 일은 일대로 엄청나게 시켜 대면서 일한 대가를 제대로 주지 않았다. 강우가 따지고 드니 미성년자를 고용하는 위험 수당을 받아야 하지 않겠냐고 노골적으로 큰소리쳤다. 그건 시작에 불과했다. 악덕 업주도 각양각색이었다.

이런저런 일을 겪으면서 강우가 결심한 게 있다. 자신은 어떻게든 부자가 될 거라고. 사람들은 가난한 사람을 무시한다. 그건 학교에서도 똑같았다. 경제적 수준이 맞는 아이들끼리 계급이 갈렸다. 물론 일부러 그런 건 아니었지만 함께 돈을 쓰고 다니니 어쩔 수 없었다.

강우는 상위 계급 아이들과 어울리기로 했다. 강우 형편에 그건 무리였다. 비싼 브랜드 옷과 신발을 쇼핑하러 가고 밥 먹고 노는 데 쓰는 돈만도 엄청났으니까. 아빠가 주는 용돈으로는 턱도 없었다.

바로 그때 '어부바' 앱을 알게 되었다. 어부바 앱은 그야말로 강우에게 구원자 같은 앱이었다. 다른 알바들과는 달리 고등학생만 하는 일이라 비교적 일도 수월하고 그마저도 골라 할 수 있었다. 무엇보다 신분 보장이 되어 돈을 떼일 염려가 없었다. 더 중요한 건 강우에게 꿈을 찾게 해 주었다는 거다. 부자가 되겠다고 결심했지만 그 방법을 찾지 못하고 있었다. 주식이나 코인, 부동산도 어느 정도의 돈이 있어야 가능한 거니까. 정말 가진 게 하나도 없는 강우는 '어부바' 앱을 접하면서 무릎을 쳤다. 획기적인 플랫폼 앱을 만드는 것, 그게 바로 강우가 부자가 되는 길이었다. 그야말로 '어부바' 앱은 강우에게 일석이조였다. 아니 일석십조.

## 03

집을 나선 강우는 지도 앱을 켜서 임무에 올라온 스터디 카페까지 가는 길을 검색했다. 집을 나오기 전에 이미 집에서 9km 떨어진 거리라는 걸 확인했다. 버스 노선도 애매해서 그냥 택시를 타기로 했다. 그 정도 거리라면 만 원 남짓 나올 거다.

'선물에서 만 원 아끼지 뭐.'

스터디 카페는 대형 학원들이 즐비한 건물 9층에 자리 잡고 있었다. 강우도 스터디 카페에 몇 번 가 본 적은 있지만 이렇게 중심가에 있는 곳은 처음이었다. 강우는 건물에 들어서기 전 유리창을 보며 매무새를 정리했다. 무심코 교복을 입었다가 혹시 몰라 다시 일상복으로 골라 입었다. 특별히 브랜드 로고가 눈에 띄는 걸로.

문 앞에 키오스크가 서 있었다. 의뢰자가 보내 준 큐알 코드를 찍자 바로 문이 스르르 열렸다. 안으로 들어가니 깔끔하게 양복을 차려입은 남자가 커피를 내리고 있었다. 옆모습을 가만히 보니 삼십 대 중반 정도 되어 보였다. 커피잔을 기계에서 꺼낸 남자가 강우를 향해 고개를 돌렸다. 남자가 위아래로 모습을 살피며 물었다.

"수업?"

"네? 네."

"이름이?"

"전……, 유주빈입니다."

하마터면 전강우라고 말할 뻔했다. 이름을 들은 남자가 활짝 웃으며 방을 안내했다.

"어서 와라. 나는 오늘 함께할 진현수. 진 쌤이라고 불러라."

진 쌤이 카페의 가장 구석에 위치한 룸으로 안내했다. 안내를 받으며 들어가는데 강우는 제가 마치 VIP 고객이라도 된 것 같은 기분이 들었다.

방으로 들어가니 이미 세 명의 아이가 더 있었다. 아이들이 흘끗흘끗 강우를 보는 바람에 살짝 위축이 되었다. 관심도 잠시 아이들은 바로 고개를 숙이고 뭔가에 집중했다. 공부가 아닌 것에 관심 갖는 건 찰나조차 시간 낭비라고 여기는 것처럼.

강우도 머뭇머뭇 빈자리에 앉아 가방을 내려놓았다. 노트를 꺼내려다 주변을 보고는 얼른 다시 집어넣었다. 다른 아이들 앞에는 모두 태블릿이 하나씩 놓여 있었다. 혹시 몰라 챙겨 온 노트를 차마 꺼낼 수 없었다. 이렇게 돈이 없으면 시대에 뒤떨어진다. 폼 안 난다. 강우는 기죽지 않은 척 어깨를 한껏 펼쳤다. 더 당당한 척했다.

진 쌤의 수업은 정말이지 신세계였다. 이렇게 핵심만 쏙쏙 뽑아서 배우는 아이들을 어떻게 따라갈 수 있을까. 만약 아빠가 자신에게 이런 교육을 받을 수 있는 기회를 주었다면 어땠을까, 아빠에 대한 원망이 자꾸만 피어나려고 했다.

수업이 일부 끝나고 잠시 쉬는 동안 진 쌤이 나눠 준 프린트물을 정리할 때였다. 문이 열리며 누군가가 들어왔다. 아빠 또래쯤으로 보이는 중년 여성이었다. 여자가 방 안을 둘레둘레 살피더니 물었다.

"선생님, 주빈이…… 안 왔나요?"

당황한 진 쌤과 아이들의 눈길이 일제히 강우를 향했다. 진 쌤이 강우를 가리키며 되물었다.

"여기 이 아이가 주빈이가 아닌가요?"

그러자 여자는 바로 눈을 부라리며 강우에게 물었다.

"넌 누구니?"

강우는 입만 뻥긋거릴 뿐 아무 말도 하지 못했다. 어떤 이름을 말해야 할지 판단이 서지 않았기 때문이었다. 이런 일이 일어날 거라는 건 예상 시나리오에 없었으니까.

"넌 누구냐고? 우리 주빈이는 어디 가고 네가 왜 여기에 있는 거야?"

중년 여자의 목소리가 송곳날처럼 날카로워졌다. 강우의 눈길이 바로 아래로 떨어졌다. 망했다, 마음이 소리쳤다.

“이게 어떻게 된 일이지?”

진 쌤이 범죄자를 보듯 혐오스러운 눈길로 강우를 보았다. 다른 아이들의 눈길이 아까와는 사뭇 달랐다. 호기심이 가득 담긴 눈길로 강우를 빤히 바라보고 있었다. 조금 전까지만 해도 나 몰라라 무관심하더니 흥밋거리를 발견한 듯 눈을 반짝였다.

어느 학교 다니는 누구인지, 왜 이런 일을 벌였는지 중년 여자가 계속해서 추궁하며 한바탕 난리를 쳤지만 강우는 끝까지 입을 꾹 다물고 버텼다. 그게 앱에서 임무를 수행할 때의 원칙이었고 저 또한 신분이 밝혀져서 좋을 건 없었기 때문이었다.

“이렇게 허술해서야. 내 수업에 어떻게 아무나 들어와서…….”

진 쌤이 고개를 절레절레 저으며 한탄을 하는 순간이었다.

“제가 잠깐 부탁한 겁니다.”

모두가 진 쌤의 말을 끊은 목소리가 들린 문 쪽으로 고개를 돌렸다. 시선을 떨군 채 공격을 당하고 있던 강우도 힘겹게 고개를 들어 돌렸다. 거기에는 제 또래의 남자아이가 서 있었다. 아마도 주빈인 모양이었다.

주빈은 강우 쪽으로 걸어오며 말을 이었다.

"제가 부탁한 겁니다. 좀 늦을 것 같으니 내가 올 때까지 대신 들어 달라고. 그러니까 저 애한테 뭐라고 하지 마세요."

중년 여자의 얼굴이 바로 일그러지더니 주빈의 팔뚝을 잡아채 밖으로 끌고 나갔다. 아웅다웅 다투는 듯한 말이 오가는가 싶더니 다시 문을 열고 들어온 여자가 강우를 보내 줬다. 물론 이곳에서 있었던 일을 아무한테도 말하지 않겠다는 각서를 쓰고, 받았던 프린트물을 모두 반납해야 했지만.

집으로 돌아가는 강우의 몸이 축축 처졌다. 혐오와 무시의 눈길로 완전히 난도질당한 느낌이었다.

강우는 주빈에게 손해 배상을 요구해야겠다고 생각했다. 자신이 입은 몸과 마음의 상처에 대해 호소하면서.

집에 도착하자마자 앱을 열었다. 그런데 이게 웬일인가? 주빈이 앱을 탈퇴한 모양이었다. 아무리 검색해도 그런 회원은 존재하지 않는다고 나왔다. 강우는 기가 막혔다. 임무를 수행하느라 학교도 빠지고 망신까지 당했는데 보수를 받지 못하게 된 거다. 강우가 주빈에 대해 아는 건 이름과 나이, '끝까지간다'라는 닉네임뿐이라 찾는 건 불가능했다.

강우는 앱 마스터에게 메시지를 보냈다.


임무를 다 수행했습니다. 그런데 임무 작성자가 탈퇴하는 바람에 보수를 받지 못했습니다. 그 회원에 대한 정보를 알고 싶습니다.

곧바로 답장이 왔다.

회원의 개인 정보는 제공해 드릴 수 없습니다.

화가 불쑥 났지만 일단 꾹 참고 다시 메시지를 보냈다.

그렇다면 저는 보수를 포기해야 합니까? 보수를 떼어먹고 탈퇴했다고요. 정보가, 앱에 정보가 남아 있을 거 아닙니까? 그러니까 정보를 알려 주세요.

회원의 개인 정보는 제공해 드릴 수 없습니다. 탈퇴한 회원의 경우도 마찬가지입니다.

자동화된 답변만이 반복되고 있었다. 강우는 참고 있던 분노가 터졌다. 강우는 자유 게시판으로 들어가 앱에 대한 불만과 함께 주빈의 이름과 인상착의를 정리해 공개 수배한다는 글로 도배해 버렸다.

　조금 뒤 앱 마스터에게 메시지가 왔다. 임무 작성자에게서 이미 선입금을 받아 놓은 상태라며 보수를 보내 준다고 했다. 이어 설명하기를 임무를 올릴 때, 작성자가 미리 마스터에게 보수를 보내고 임무가 완료되면 그때 그 돈이 마스터에게서 포대기에게 보내지는 체계라고 했다. 임무 작성자가 임무 수행을 받기만 하고 돈을 지불하지 않는 걸 방지하기 위해 만든 체계라고. 포대기 역할만 해 봤지 임무를 올려 본 적이 없었던 강우는 그걸 몰랐던 거다.

　마스터는 불만 글을 도배해 앱의 분위기를 망친 대가로 강우에게 '경고'를 내렸다. 돈은 받았지만 앱에서의 활동이 한 달간 금지되었고, 업력이 깎였다.

## 04

　강우는 저녁때까지 우두커니 누워 천장만 보고 있었다. 아직 눈여겨 놓았던 선물을 사기에는 턱없이 부족한데 경고를 받는 바람에 다른 일을 할 수 없게 되었다. 머리가 멍해져 아무것도 할 수가 없었다.

　강우의 정신을 깨우며 카톡 알림음이 울렸다.

은율이었다. 은율은 얼마 전부터 사귀기 시작한 여자애다. 성적도 무난하고 외모도 나름 괜찮았다. 무엇보다 강우 마음에 든 것은 은율의 티 없음이었다. 모난 데 없고 결핍이 느껴지지 않는 성격과 태도. 그건 경제적 여유에서 나오는 것이었다.

하지만 은율은 절대 티 내지 않는다. 강우는 은율의 인스타그램에 들어가 본 적이 있다. 다른 여자아이들은 새로 산 물건을 자랑 삼아 올린다. 해외여행을 다녀오면 보란 듯이 풍경과 음식 사진들을 올린다. 하지만 은율은 그러지 않았다. 강우 자신은 가장해서 드러내려고 했으면서 아이러니하게도 그게 끌렸다.

은율의 소박함은 데이트에서도 드러났다. 분식점에서 떡볶이를 먹고 거리를 걷는 데이트를 가장 즐겨 했다. 요거트 아이스크림을 먹으면서 행복하다며 화사하게 웃는 은율의 얼굴을 보며 강우는 그야말로 마음을 뺏기고 말았다.

이번 주 금요일은 그런 은율과 사귄 지 50일 되는 날이다. 점점 더 좋아진다, 계속 사귀고 싶다는 고백과 함께 줄 꽃과 작은 선물을 준비하려고 했다. 그러기 위해 오늘도 학교까지 빠지면서 일을 한 건데. 당분간 어부바에서 일을 못 하면 돈을 모을 방법이 없었다. 강우의 입에서 한숨이 흘러나왔다.

그때 휴대폰에서 다시 카톡 알림음이 울렸다.

> 무슨 일 있어? 왜 답이 없어?

강우는 한참을 머뭇거렸다.

돈 없이 은율을 만날 수 없다. 돈이 없으면 기가 죽을 거고 은율 앞에서 그런 모습을 보일 수 없다. 차라리 안 만나고 말지.

> 미안, 내일 약속은 아무래도 깨야 할 것 같아.
> 나중에 다시 연락할게.

일단 그렇게 답장을 보내고 나서 대책을 강구했다. 가장 먼저 떠오른 건 아빠였다. 아빠에게 손을 벌리는 것. 하지만 아빠가 한 번에 큰돈을 줄 리가 없다. 이미 용돈을 받은 뒤인 데다가 용돈이라고 해 봐야 은율과 근사한 밥을 사 먹으면 끝날 정도의 돈이다. 그마저도 무얼 할지 꼬치꼬치 물을 거다. 아빠는 돈을 허투루 쓰는 걸 무엇보다 싫어하니까.

‘아!’

강우는 스트레스 받을 때마다 습관적으로 그러듯 휴대폰을 들었다. 유튜브를 켰다 문자를 켰다 인스타를 켜서 새로 올라온 글들에 ‘좋아요’를 눌렀다. 이것저것 앱들을 뒤적거리다 무의식적으로 ‘어부바’ 앱을 열었다.

그때였다. 또록!

다이렉트 메시지가 왔다.

‘어? 뭐지?’

강우는 바로 메시지를 열었다.

| 혹시 임무 가능?

임무를 왜 임무 게시판에 올리지 않고 디엠으로 보내는 거지, 의아했다. 그나저나 앱에서 임무를 수행할 자격이 박탈됐다. 그런데 메시지를 보낸 사람은 그걸 모르는 모양이었다.

강우는 메시지에 답을 보내려다 멈칫했다. 그냥 모른 척 임무를 수행할까, 하는 생각이 든 거다. 하지만 바로 머리를 흔들어 그 생각을 떨쳐 냈다. 마스터에게 걸렸다가는 활동 정지 정도의 벌칙으론 어림없을 거다. 아마도 회원 자격 박탈이 되겠지. 소를 탐하려다 대를 잃을 수는 없었다.

그때 다시 메시지가 왔다. 메시지를 읽자 강우의 입이 놀란 듯 벌어졌다. 강우 생각을 읽고 있기라도 한 듯한 메시지였기 때문이다.



몰랐다. 물밑에서 이런 거래가 이뤄지고 있었구나. 앱에서 회원 자격을 박탈당하거나 수수료를 내고 싶어 하지 않는 아이들이 이런 방식으로 거래를 하고 있었던 모양이었다.

강우가 결심한 듯 링크된 주소를 클릭했다. 카페에 입장하자마자 조금 전 디엠을 보낸 사람이 바로 1:1 대화를 보냈다.



조건만 있고 임무는 없었다. 강우가 답글로 물었다.

상대가 제시한 일은 생각지도 못한 거였다. 어부바 앱에서는 대신 담배를 사 달라, 대신 학원 시험을 봐 달라, 대신 친구를 손봐 달라는 등의 임무도 봤다. 물론 교묘하게 자동 검열에 걸러지지 않는 단어를 사용해서(담배를 향기과자로 사용해서) 올라왔어도 바로 앱 마스터에 의해 삭제가 되긴 했지만.

남자 친구 역할.


상대는 그 아래로 스토커처럼 떨어지지 않는 남자를 떨쳐 버리기 위한 거라는 말을 덧붙였다.

강우는 한참을 고민했다. 뭔지 모르게 꺼려지는 일이었다.

'그럼 뭐 다른 대책은 있어?'

강우는 스스로를 질책했다. 다른 길은 없었다. 원하는 시간과 장소를 메시지로 전달 받았다. 시간은 대략 1시간 뒤쯤이었고 다행히 그리 먼 곳은 아니었다. 지하철을 타고 30분가량 가야 하는 곳이었다.

다른 때 같으면 갈아타야 하는 번거로움이 있는 지하철 대신 택시를 선택했을 거다. 택시로 15분이면 갈 곳을 지하철을 타고 가면 30분이 넘게 걸렸으니까. 그래도 강우는 지하철을 타기로 했다. 일을 할 수 있을지 없을지 모르는 상태에서 돈을 함부로 쓸 수는 없었다. 한 푼이라도 아껴야 했다.

가짜 남자 친구 역할을 원한 의뢰자는 강우보다 한 살 많은 누나였다. 이름은 마은지. 이름이나 학교 같은 신상 정보를 알고 싶지도, 알리고 싶지도 않았지만 은지가 먼저 이름 정도는 서로 공유해야 하지 않겠냐고 했다. 강우는 할 수 없이 자신의 이름도 밝혀야 했다.

"얼굴 한 번 본 사이인데 자꾸만 스토커처럼 연락하잖아. 그 애를 떨쳐 내려고."

생각보다 임무는 간단했다. 은지가 만나자고 한 곳에서부터 한 아파트 단지까지 걸어가면 완료. 솔직히 은율이 걸렸다. 은지랑 손을 잡고 걷자 죄를 짓는 기분에 괴로웠다.

'아니야, 이건 그저 일일 뿐이야.'

스스로 그렇게 다독였다.

아파트 정문 앞에 도착했을 때였다.

누군가가 강우 앞을 가로막았다. 키가 강우보다 머리 하나는 더 크고 덩치도 우람했다. 강우는 순간 움츠러들었지만 아닌 척 고개를 빳빳이 들었다.

은지가 강우의 팔짱을 쓱 끼며 대답했다.

"내 남자 친구."

"뭐?"

덩치가 강우 앞으로 한발 다가왔다. 가로등에 덩치의 얼굴이 드러났다. 큰 몸집에 어울리게 얼굴도 험상궂었다.

"은지야."

덩치의 굵은 목소리에 강우의 몸이 의지와는 달리 바짝 쪼그라들었다.

은지가 쐐기를 박듯 강우의 몸에 몸을 착 밀착시키며 애교 섞인 목소리로 말했다.

"강우야, 신경 쓰지 마. 남사친 아니야. 그저 하루 심심풀이로 만났는데 뭔가 특별한 사이라고 착각한 모양이야."

은지의 말 한마디 한마디에 덩치의 얼굴이 점점 일그러졌다. 강우의 눈길이 절로 덩치의 손 쪽으로 향했다. 주먹을 꽉 움켜쥔 손이 바들바들 떨렸다. 손이 언제 날아올지 몰라 강우는 바짝 긴장하고 있었다.

다행히 주먹다짐 같은 일은 일어나지 않았다. 은지와 강우 얼굴을 몇 번 번갈아 볼 뿐이던 덩치는 몸집에 안 맞게 당장이라도 울음을 터뜨릴 것 같은 얼굴이 되었다. 그 순간 강우는 보았다. 험상궂게 보이던 얼굴에 순정남의 얼굴이 지나가는 것을. 진심 어린 눈이었다.

덩치는 이내 포기를 하듯 푹 고개를 떨구고는 그대로 뒤돌아 가 버렸다. 뒷모습이 사라질 즈음, 강우의 입에서 한숨이 흘러나왔다.

"휴!"

안도감과 미안함, 죄책감이 뒤섞인 한숨이었다.

덩치가 사라지자마자 은지가 팔짱을 풀고 주머니에서 지갑을 꺼냈다. 제시한 금액을 바로 강우에게 내밀었다.

"수고했어."

돈을 받아 드는데 이제껏 한 번도 느껴 보지 못한 기분이 들었다. 자꾸만 덩치의 일그러지던 표정이 떠올랐다. 강우가 들고 있는 돈이 그 덩치의 마음 값처럼 느껴졌다.

강우는 고개를 힘껏 털고는 전철역 쪽을 향해 달리기 시작했다. 찝찝한 마음을 바람에 날려 보내려는 듯.

## 05

다행히 은율에게 선물할 수 있는 돈이 마련되었다. 그날 밤 은율에게 메시지를 보냈다. 아까는 그렇게 말해 미안하다고, 내일 만나자고, 할 이야기가 있다고. 강우는 선물을 안기며 고백을 하면 마음을 풀어 줄 거라 기대했다.

　은율의 답장을 기다렸지만 한참 동안 올 생각을 하지 않았
다. 은율은 30분도 넘게 지난 시각에야 답장을 보냈다. 강우
는 그래도 괜찮았다. 그렇게 토라진 마음을 표현하는 거라고
생각했다.

│　짠! 화 풀어.

　강우가 꽃을 들고 엉덩이 춤을 추는 곰돌이 이모티콘을 보
냈다. 하지만 은율은 별 반응을 보이지 않았다.
　잠시 정적이 흐른 뒤 은율이 사진 하나를 첨부하며 메시지
를 보냈다.

│　너 이게 뭐야?

　사진을 보던 강우의 눈이 커졌다.

│　어? 이걸 어떻게 네가……?

　은율이 보낸 사진은 강우가 은지와 함께 걷고 있는 사진이
었다. 은지의 팔과 강우의 팔이 얽힌 채. 은지가 강우를 향해

함빡 웃고 있는 모습이 정말이지 둘이 사귀고 있다고 해도 무방한 모습이었다.

강우는 당장 은율에게 전화를 걸었다. 벨이 다섯 번 울리는 동안 받지 않아 막 전화를 끊으려는 참이었다.

"왜?"

다행히 은율이 전화를 받았다.

"이건, 은율아, 사실은……."

어디서부터 해명을 해야 할지 마음만 급해서 강우의 입에서 단어들만 툭툭 튀어나왔다. 은율은 들으려고도 하지 않고 말을 자르며 말했다.

"할 말이 있어?"

"응, 응. 있어. 그건 오해하면 안 돼."

"오해? 요 며칠 이상하다 했어. 나랑 약속도 어기고 자꾸만 만나는 걸 미루길래 이상하다 싶었지."

강우는 억울했다. 모두 선물 살 돈을 모으기 위해 일하느라 그랬던 거니까.

은율은 한숨을 폭 쉬더니 말을 이었다.

"그거 내 친구 주연이가 학원에서 나오다 발견하고 찍은 거야. 그냥 나에게 직접 말하지 그랬어. 그럼 바로 떨어져 줬을 텐데. 나를 이렇게까지 비참하게 만들어야 했어?"

은율의 목소리가 울먹거렸다.

"그런 거 아니야. 사실은……."

해명하려던 강우가 멈칫했다. 사실대로 말하려면 자신의 형편을 드러내야 했다. 돈을 벌어야 하는 사정을 말하는 것도 꺼려졌고, 그걸 위해 가짜 남친 역할을 했다는 사실도 왠지 창피했다.

그런 걸 부족함 없이 사는 은율이 이해할 수 있을까.

"진짜 실망이다."

그 말을 끝으로 은율이 전화를 끊었다. 그대로 굳어 버린 강우는 쓰러지듯 침대에 드러누웠다.

가만히 눈을 감고 있던 강우가 눈을 번쩍 떴다. 이대로 억울하게 있을 수는 없었다. 무엇보다 은율의 오해를 풀고 싶었다. 은율을 보지 못한다는 생각에 가슴이 답답했다. 생각보다 은율에 대한 마음이 컸던 모양이었다.

강우는 다음 날, 새벽같이 일어나 은율의 학교 앞으로 갔다. 정문 앞에 서서 학교로 들어서는 아이들을 살폈다. 그렇게 한 시간 남짓 기다렸을까. 멀리서 오는 은율을 발견했다. 은율은 친구 한 명과 함께 나란히 이야기를 하며 걸어오고 있었다.

환하게 웃던 은율의 얼굴이 강우를 보자마자 딱딱하게 굳었다. 차가운 표정의 은율이 낯설 정도였다.

은율이 쌩하니 강우를 그대로 지나치려고 할 때 강우가 은율의 팔을 잡았다.

"이야기 좀 하자."

은율이 인상을 쓰며 팔을 빼려고 했다. 은율 대신 옆에 있던 아이가 소리쳤다.

"이게 뭐 하는 짓이야?"

앙칼진 목소리였다.

"너는 좀 빠져."

강우의 입에서도 거친 목소리가 튀어나왔다.

"은율이가 싫다잖아. 싫다는데 이러는 건 데이트 폭력이야."

그 말에 강우의 눈빛이 흔들렸다. 어제 만난 은지의 전 남친이 떠올랐기 때문이다. 싫다는데 자꾸만 찾아온다던 덩치. 자신의 모습이 그 모습에 겹쳐 보였다.

여자애의 말이 이어졌다.

"아니지, 네가 남자 친구 자격이나 있어? 너 다른 여자랑 양다리라며. 양심이 있으면 당장 그 손 놓고 떨어져. 아니면 당장 신고한다."

강우는 그대로 은율을 잡았던 손을 놓을 수밖에 없었다.

그렇게 돌아올 수는 없었다. 강우는 은율이 들어간 정문 앞에 쭈그리고 앉았다. 그대로 수업이 끝날 때까지 기다렸다.

학교도 빠지고 밥도 굶었다. 다리에 감각이 없어질 때쯤 아이들이 삼삼오오 나오기 시작했다. 강우는 아이들의 시선이 무서워졌다. 모두 자신을 혐오스러운 눈빛으로 쳐다보는 것만 같았다.

아이들을 피해 학교 담벼락 뒤로 숨은 채 교문 쪽을 흘끔거렸다. 어느 순간 아이들이 우르르 쏟아져 나왔고 그 사이에 은율이 있었다. 강우는 옷에 달린 모자를 뒤집어썼다. 그러고는 은율 뒤를 쫓기 시작했다.

은율이 친구들과 헤어지자 우뚝 걸음을 멈췄다. 갑자기 돌아서는 바람에 강우가 흠칫 놀랐다. 은율은 갔던 길을 되돌아 걷기 시작했다. 집까지 바래다준 적이 두어 번 있었는데 그때와는 다른 길로 가고 있었다. 은율이 향하는 곳은 신도시 쪽이 아니라 구도심 쪽이었다.

'집에 안 가고 다른 데를 들르는 건가?'

학원들도 모두 반대편에 있을 텐데 의아했다.

그렇게 20분가량 걸었다. 오르락내리락 산을 타는 기분이었다. 슬리퍼를 끄는 소리를 내지 않으려고 발에 잔뜩 힘을 주고 걸었더니 발이 아팠다. 골목으로 접어들었다. 오래되고 허름한 집들이 빽빽이 들어서 있었다.

은율이 철컹 소리를 내며 대문을 들어서는데 안에서 목소리가 들렸다.

"은율이 왔어? 엄마 잠깐 일이 있어 나갈 거니까 밥 먹어."

"알았어."

무심코 뒤를 돌아보던 은율이 강우를 발견하고는 눈이 커졌다. 분노인지 창피함인지 당황함인지 모를 감정이 뒤섞인 얼굴로 은율이 그대로 강우를 노려봤다.

"내 뒤를 밟은 거야?"

강우가 손사래를 치며 말했다.

"그게 아니고 난 그저 해명을 하고 싶었을 뿐이야."

강우는 급하게 설명했다. 은율을 잃고 싶지 않았다. 은율이라면 이해해 줄 거라고 생각했다. 그래서 자신의 사정을 솔직하게 모두 털어놓았다.

이야기를 다 들은 은율은 증오가 가득 담긴 눈길로 소리쳤다.

"그렇다면 너랑 만날 이유가 더욱 없네."

"뭐?"

강우는 그 말을 이해할 수 없어 되물었다.

"내가 너랑 사귄 이유가 뭔지 알아? 하고 다니는 꼴이 봐줄 만해서였어. 너 같은 애를 달고 다녀야 내가 더 빛이 날 것 같았을 뿐이야. 내 말 알아들어? 넌 그저 나에게 키링 같은 존재일 뿐이었다고."

그러지 말라고, 나를 떼어내려고 하는 거짓말인 거 다 안다고 소리치는 강우에게 은율이 계정 하나를 불러 줬다. 은율이 활동하는 부계정이라고 했다.

스토리에 올라간 사진들을 쭉 내리면서 보았다. 강우가 알던 은율의 모습과는 달리 명품을 장착한 은율의 모습이 대부분이었다. 노골적으로 드러내진 않았지만 은근히 브랜드 로고가 걸리도록 찍은 사진임이 분명했다. 군데군데 강우 사진도 있었다. 남자 친구라는 해시태그가 달린 자신의 사진들은 모두 완벽한 비율이 강조되어 있었다. 아니면 강우가 입은 옷의 브랜드를 알 수 있도록 찍혀 있었다.

은율은 마지막 남은 감정마저 잘라 내려는 듯 칼날 같은 말을 휘둘렀다.

"더 이상 키링 같은 거 필요 없어. 그러니까 나에게서 떨어져."

무슨 정신으로 집으로 돌아왔는지 모른다. 강우는 넋이 완전히 빠져 있었다. 현관을 들어서자 아빠가 웬일로 일찍 퇴근해 집에 있었다.

"이제 오니?"

강우를 맞이하는 아빠의 얼굴은 여느 때와는 분위기가 달라 보였다. 아빠는 설렘 가득한 아이 같은 얼굴로 말했다.

"좋은 소식이 있어. 아빠가 회사를 맡게 됐다. 사장님께서 2호점을 낼 거라고 여기는 아빠가 책임지고 운영해 달라고 하시지 뭐냐."

아빠는 월급도 많이 올랐다며 봉투를 내밀었다.

"네 용돈 적다는 거 아빠도 다 알아. 적은 돈인데도 불만 없이 아끼면서 잘 써 줘서 아빠가 말은 안 했지만 항상 고마웠다. 이제부터 용돈도 올려 줄게."

강우의 눈길이 은행 이름이 찍힌 봉투를 지나 옆에 놓여 있던 쇼핑백으로 향했다.

"이게 뭐야?"

강우가 말없이 쇼핑백 안을 들여다보았다. 안에는 노트북 상자가 들어 있었다.

"아빠가 특별히 승진 기념으로 샀어. 너 프로그램인가 뭔가 개발하는 일을 하고 싶다며. 이어폰을 사려고 갔다가 물었더니 그게 필요할 거라고 하길래. 세상을 바꾸는 일이라도 일단 차근차근 처음부터 시작해야 할 거 아니야. 그걸로 하고 싶었던 거 마음껏 해 봐. 그게 뭐든 성실히 하면 성공할 거다."

강우가 박스를 열어 노트북을 꺼내는데 아빠가 멋쩍은 듯 머리를 긁적이며 말했다.

"최신 모델은 아니지만 그래도 그 정도면 쓸 만할 거라고 하더라. 이어폰은 다음 달에 사 주마."

전원이 들어온 노트북이 환하게 화면을 밝히며 강우에게 환영의 인사를 건넸다.

'안녕하세요.'

2
오은율
활동 닉네임 - 요아정만은영원하길

## 01

"혹시 뭐 갖고 싶은 거 없어?"

지난밤 헤어질 때 강우가 짐짓 진지한 목소리로 물었다. 애써 침착하게 누르는 목소리와는 달리 행동은 안절부절 긴장을 감추지 못했다. 말을 마친 뒤 벌겋게 홍조가 오른 얼굴을 보니 분명했다. 기념일을 축하하는 선물을 사려 한다는 걸.

강우는 은율이 사귀는 애다. 같은 반 친구가 소개팅을 시켜 준다기에 이름과 학교를 먼저 물었다. 고민해 본다는 말을 하고는 인스타를 뒤졌다. 학교랑 연락처를 알아 다행히 금방 찾을 수 있었다. 피드를 쭉 넘기며 보니 허우대도 멀쩡하고 하고 다니는 꼴도 그럭저럭 봐 줄 만했다. 아니 꽤 괜찮은 편이었다. 같이 다니면 은율을 한층 빛내 주기에 충분해 보였다. 은율은 소개팅을 받아들였다.

그렇게 사귀기 시작한 게 벌써 50일이 되어 간다. 강우와의 만남을 지속하는 것에 대해 은율은 고민했다. 이전에 만난 애들과는 썸을 타는 정도에서 관계를 끊었다. 대부분 은율 쪽에서 선을 그었다.

은율은 관계에 '영원한' 것은 없다고 생각한다. '영원한 사랑'? 코웃음 나올 만큼 같잖을 뿐이다. 물론 은율도 처음부터 그랬던 건 아니다.

은율의 아빠는 원래 작은 기업을 운영했다. 자동차 부품을 납품하는 회사였다. 큰 회사는 아니었지만 은율은 어릴 적부터 부족한 것 없이 살았다. 먹고 싶고, 사고 싶은 걸 돈 때문에 고민해 본 적이 없었다. 엄마와 은율은 아빠의 든든한 그늘에서 늘 편안하게 살았다.

하지만 행복은 어느 날 갑자기 거품처럼 터져 버렸다. 시작은 아빠의 말이었다.

"끝났어."

회사가 파산했다고 했다. 그 뒤부터는 그 뻔한 이야기가 은율에게도 똑같이 적용됐다. 덕지덕지 빨간 딱지가 붙은 물건들(거기에는 은율이 목숨같이 여기던 첼로들도 포함되었다. 딱 한 대만 필사적으로 구해 냈다.), 하루가 멀다고 들이닥치는 빚쟁이들,

경제 사범으로 감옥에 들어간 아빠…….

딱 한 가지 은율의 예상을 빗나간 게 있었다. 그게 바로 '아빠의 사랑'이다. 어떤 상황이 닥치더라도 엄마를 위해 뭐든, 그게 간이라고 할지라도 기꺼이 몸에서 꺼내 줄 것처럼 행동하던 아빠는 조기 출소 직후 자취를 감췄다. 아마도 저와 엄마가 짐처럼 느껴진 모양이겠지. 은율은 그때 깨달았다. 영원한 것은 없다는 걸. 그게 돈이든, 우정이든, 사랑이든.

그 뒤로 은율은 달라졌다. 사람을 믿지 않았다. 사람들한테 마음을 열지 않았다. 친구들에게는 곁을 내주지 않았고 남자와는 가볍게 썸을 타다 사귀기 직전 모두 관계를 끝냈다. 그 어떤 죄책감이나 미련은 없었다. 은율이 이별을 선언하면 대부분 처음에는 황당해하다가도 순순히 받아들였다. (물론 개중에는 네가 뭔데 나를 차느냐며 게거품을 물던 놈도 한두 명 있었지만.) 그럴 때마다 은율은 속으로 생각했다. 만약 내가 먼저 이별을 말하지 않았으면 또 버림받았을 거라고.

그런데 강우와의 관계는 왠지 고민이 되었다. 끝내는 말을 하려다가도 자꾸만 멈칫거렸다. 그게 아쉬움인지 미련인지 뭔지 알 수는 없었다. 그러다 결국 이렇게 사귀는 사이까지 되어 버린 거다.

그때였다.

띠링!

'어부바' 앱에서 알림음이 울렸다. 휴대폰을 들어 앱으로 들어가 보았다. 구미가 확 당기는 임무 글이 올라와 있었다.

---

오픈런 대행 구합니다.

○○, ○○○, ○○

한정판이라 적어도 오픈 3시간 전에는 줄을 서야 할 것 같습니다.

단, 구매 성공해야 보수 모두 지급합니다.

(실패 시 보수는 기다린 시간당으로 계산합니다.

줄을 선 시간, 인증샷으로 남기기.)

구매 전 직원과 연결해 주시면 결제 직접 진행하겠습니다.

---

○○, ○○○, ○○. 백화점 이름, 매장 이름, 가방 이름만 이 차례대로 적혀 있었다. 작성자는 만에 하나라도 자동 검열에 걸릴까 봐 이름만 죽 나열한 것이었다. 고가의 가방을 대신 사 달라는 임무는 법이나 교칙에 반하는 일은 아니지만 엄격한 기준으로 따져 걸면 걸릴 수도 있는 임무였으니까.

오픈런 아르바이트는 다른 앱에서도 가능했지만 이 앱의

최대 장점은 신분 보장이 된다는 거다. 그래서인지 다른 곳보다 조금 높은 보수가 책정됐다.

임무 작성자가 보수로 제안한 가격은 20만 원. 나쁘지 않았다. 뭐, 하긴. 가방 값은 그것의 10배도 넘으니까.

은율은 '찜'을 누르고는 수행자로 선택되기를 기다렸다. 은율이 이 일을 찜한 건 꼭 돈 때문만은 아니었다. 돈에 따르는 부수적인 대가가 더 매력적이었다. 굳이 따지면 그게 은율이 이 일을 하는 진짜 목적이기도 했다.

'띠링.'

"오케이!"

은율이 임무 수행자, 즉 포대기가 되었다.

다음 날 은율은 새벽부터 학교에 생리 결석 처리를 하고 백화점으로 향했다. 백화점 오픈 시간이 10시니까 6시 30분부터는 서 있어야 할 것 같았다.

정류장에 도착하자마자 바로 버스가 왔다. 버스에는 은율을 제외하고 딱 한 명이 더 타고 있었다. 말끔하게 차려입은 중년 남자였다. 그 남자를 보자마자 은율의 머릿속에 한 사람이 떠올랐다.

아빠는 그야말로 엄마밖에 모르는 사랑꾼이었다. 대학 때 만난 엄마가 첫사랑이자 끝사랑이라고 했다. 대학을 졸업하자마자 아빠는 빌 위더스의 'Lean on me'를 부르며 엄마에게 프러포즈했단다. '내가 든든한 기둥이 되어 줄게. 언제든 약해지고 힘들 때 나에게 기대.'라는 편지와 함께. 다른 아빠들은 보통 딸 바보라고 하는데 은율 아빠는 아내 바보였다. 툭 하면 은율에게 이렇게 말했다.

"너, 엄마 속상하게 하지 마."

"너 왜 내 여자 힘들게 해? 경고야."

은율은 아빠가 그럴 때마다 새침하게 토라졌다. 하지만 가슴속 깊은 곳에서는 그런 아빠가 좋았다. 믿음직했다. 그런데 영원한 사랑을 외치던 아빠가 위기에 닥치자 엄마를 버렸다. 감옥에 있는 동안 엄마와 이혼 절차를 마친 아빠는 분명 출뢰했을 텐데도 둘을 찾지 않았다.

은율과 함께 버려진 엄마는 주변 사람들에게 도움을 요청했다. 친척들은 차갑게 외면했다. 아빠가 있을 때는 자주 연락을 해 오던 큰집은 나 몰라라 했다. 고모네도 마찬가지였다.

문제는 '이모들'도 마찬가지였다는 거다. 은율네 집을 제집처럼 드나들던 이모들이었다. 물론 진짜 이모들은 아니었다. 은율네 집이 부유할 때는 친자매보다 더 가까운 사이라며 은율도 친딸처럼 대하겠다고 한 이모들이었다. 그 이모들의 아이들과도 친형제처럼 지냈다. 덕분에 외동인 은율은 외롭지 않았다. 하지만 그 친형제들이 거짓말처럼 연락을 딱 끊어 버렸다. 은율 아빠 회사가 무너진 날, 은율네가 가진 것들이 모두 날아가 버린 날, 은율 가족이 산산조각이 난 날부터.

그렇게 은율은 가까운 사람들이 내뱉는 사랑한다는 말, 지켜 주겠다는 말, 서로 돕고 살자는 말, 그런 것들이 얼마나 가볍고 깨지기 쉬운 것인지 뼛속 깊이 깨달았다.

은율은 엄마와 둘이 멀리 이사했다. 자신이 예중에 다녔다는 사실을, 부유했다가 쫄딱 망했다는 사실을, 아빠가 엄마와 자신을 두고 도망갔다는 사실을 아무도 모르는 곳으로 이사했다. 그러곤 예전의 삶대로 살기 시작했다. 자신의 처지가 변했다는 걸 인정하지 않았다. 자신이 사는 곳은 구도심 낡은 주택이 아니라 그 옆에 새로 세워진 신도시 아파트라고, 아빠는 빚 때문에 도망 다니는 게 아니라 사업 때문에 외국에 나가 있는 거라고, 엄마는 여전히 철없는 모습으로 아빠의 그늘 밑에 산다고 믿었다.

그러면서 원래 하던 대로 좋은 옷을 입고, 밝은 모습을 하고 다녔다. 한 번도 상처 같은 건 받아 보지 못한 해맑은 얼굴을 장착한 채로. 그러자 친구들이 관심을 가지고 하나둘 다가왔다.

백화점까지는 내려서 꽤 걸어야 했다. 시간은 아직도 한참 남아 있었지만 왠지 조급해져 빠르게 달리기 시작했다. 백화점 앞은 이미 줄이 길게 늘어서 있었다. 맨 뒤에 서자 앞에 선 사람들의 차림새가 눈에 들어왔다. 이미 같은 브랜드의 가방을 걸치고 있는 사람들도 허다했다. 은율은 불과 얼마 전까지만 해도 그런 모습으로 그들 사이에 끼어 있던 제 모습을 떠올렸다가 고개를 흔들어 생각을 털어 냈다.

다행히 가방 구매에 성공했다. 매장을 나선 은율은 잠시 주변을 살피고는 화장실로 들어갔다. 화장실 안에 아무도 없는 걸 다시 한번 확인하고는 조심스럽게 쇼핑백에서 상자를 꺼냈다. 상자를 세면대 위에 올려놓고는 휴대폰을 꺼내 화장실 거울에 비친 자신을 찍었다. 황금색과 주황색이 조화롭게 섞여 고급스러움을 뽐내는 상자가 함께 찍히도록.

이어 상자에 붙은 스티커를 조심스럽게 공들여 떼어 내고는 물건을 꺼냈다. 지문이라도 묻으면 큰일이므로 마치 뜨거운 물건을 집듯 손가락 끝으로 살포시 집어서. 은율은 가방을 어깨에 메고는 여러 각도에서 사진을 찍었다. 그대로 화장실을 나와 백화점 명품 매장들을 돌았다. 다른 사람들의 부러움 담긴 시선을 즐기면서.

백화점을 나온 뒤에도 사진 찍기는 계속되었다. 백화점 건물에 비친 명품 쇼핑백을 걸친 모습, 카페에 들어가 쇼핑백을 앞에 두고 앉은 모습 등을 계속 찍었다. 그렇게 찍은 사진 중에서 두 장을 골라 자신의 부계정에 올렸다. 바로 조회 수가 늘며 부러움이 담긴 댓글이 달리기 시작했다.

이래저래 시간을 때우다 보니 어느덧 약속한 시간이 다가와 있었다. 혹시라도 물건에 흔적이 남았는지 꼼꼼히 살핀 다음 다시 잘 포장하고는 진짜 가방의 주인을 찾아가기 위해 카페를 나섰다. 임무 작성자가 물건을 받고 싶어 한 곳은 그야말로 신도시 중심, 가장 비싼 아파트가 들어선 곳이었다.

시간을 확인하며 아파트 정문을 향해 가는데 익숙한 뒷모습이 보였다. 처음에는 긴가민가했다. 아니, 강우가 분명했지만 강우가 아니라고 믿고 싶었다. 강우가 다른 여자와 나란히 걷고 있었기 때문이다. 그것도 팔짱을 꼭 끼고서.

은율은 그 자리에 서서 한참 동안 꼼짝할 수 없었다.

**03**

은율은 후회에 후회를 거듭했다. 진작 이별을 통보했어야 했는데, 하는. 은율은 강우와 관계를 분명하게 매듭짓지 못한 자신을 원망했다.

동시에 강우에 대한 분노를 참을 수 없었다. 그럴 거면서 왜? 왜 다른 애들이랑 다른 척했어?, 따져 묻고 싶었다. 하지만 강우는 뻔뻔하게도 아무 일도 없었다는 듯 문자를 하고 전화를 걸었다. 은율은 참을 수 없어 이별을 통보했다. 동시에 인스타그램을 비활성화로 돌려놓았다.

어떻게 알았는지 주연에게서 바로 카톡이 왔다.

   혹시 무슨 일 있어?

은율은 대충 둘러댔지만 주연은 바로 물러서지 않았다. 꼬치꼬치 캐묻는 탓에 어쩔 수 없이 주연에게 상황을 설명해야만 했다.

   진짜 왜 자꾸 너한테는 그런 애들만 들러붙는 거냐?

주연이 은율보다 더 흥분하며 강우를 험담했다. 강우를 깎아내리는 말들이 은율의 감정을 건드렸다. 그래서 저도 모르게 '강우에 대해 함부로 말하지 마.'라고 말해 버렸다. 은율은 스스로도 혼란스러웠다. 도대체 강우 편을 드는 그 감정이 뭔지 자신에게 물었다. 그러곤 결론 냈다. 강우에 대한 어떤 마음이 남아서가 아니라 그저 사귀었던 사람에 대한 최소한의 예의일 뿐이라고.

다음 날 은율은 주연을 만나자마자 그런 마음을 설명하며 사과했다. 그러곤 그 말을 인증하듯 맑간 미소를 만들며 말했다.

"나 소개팅 해 주라."

"소개팅?"

"응, 원래 사랑 때문에 힘든 건 새로운 사랑으로 극복해야 한다잖아. 혹시 네 주변에 멋진 남자 없어?"

주연이 당장이라도 약속을 잡을 것처럼 수선을 떨었다.

"그래, 잘 생각했어. 너 어떤 스타일이 좋다고 했지? 오늘 저녁으로 잡아 볼까?"

은율은 당황해서 고개를 마구 저었다.

"아니, 나중에. 나중에 할게."

주연이 이렇게 나올 줄은 미처 몰랐다. 사실 은율은 다른 사람을 만나고 싶은 마음이 전혀 들지 않았다. 은율 자신도 낯선 감정이었다. 원래 다른 애들과 헤어지면 후련한 감정으로만 채워져 바로 다른 만남을 이어갔으니까.

그런데 뜨거운 열에 녹은 치즈처럼 죽 늘어지는 마음이 은율을 망설이게 했다. 도대체 그 감정의 정체가 뭔지 은율도 알 수 없었다. 처음이었으니까.

그날 은율의 감정은 완전히 널을 뛰었다. 수업을 마치고 교문을 나서는데 강우가 그때까지도 기다리고 있었다. 행색을 보니 아침 등굣길에 만났을 때부터 쭈욱 버티고 있었던 모양이었다. 그런데 그게 싫지 않았다. 반가운 마음이 먼저 밀려왔다. 은율은 그 마음을 억지로 밀어내고 그 자리를 원망과 미움을 끄집어내 채웠다. 차갑고 매몰찬 태도로 자꾸만 튀어나오려고 하는 달갑고 좋은 마음을 숨겼다.

냉정하게 강우를 내치고 집에 도착했을 때 은율은 경악을 금치 못했다. 당연히 돌아갔을 줄 알았던 강우가 은율의 뒤를 쫓아온 거였다. 그렇게 강우에게 자신의 진짜 처지를 들키고 말았다. 치부를 들킨 것처럼 얼굴이 화끈거렸지만 차라리 잘되었다 싶었다. 제 사정을 알았으니 알아서 떨어져 나갈 테니 말이다. 힘든 형편을 안 순간 바로 눈빛이 흔들렸던 다른 사람들처럼. 말로는 다 상관없다며 진작 말해 주지 그랬냐고 위로했지만 눈빛은 아니었다. 눈빛에 가득 담겨 있던 다정함은 냉정함과 경계심으로 바뀌어 있었다. 눈은 거짓말을 못 한다.

그런데…… 강우는 아니었다. 놀라기는 했지만 저를 바라보는 눈빛이 달라지지 않았다.

은율은 흔들리는 마음을 자꾸만 다잡았다. 또다시 관계에 속고 싶지 않았다. 상처받고 싶지 않았다. 은율은 강우에게 그동안 숨겼던 사실들을 모두 털어놓고 매정한 말로 정을 떨쳐 냈다. 그러곤 바로 주연에게 연락해 주말로 소개팅 날짜를 잡았다.

## 04

주말 오후, 은율이 막 나가려는데 엄마가 현관을 들어섰다. 아침 일찍 누군가 일을 소개해 준다며 서둘러 나갔던 엄마였다. 아침에 잔뜩 설렌 얼굴로 치장하던 엄마는 들어오자마자 가방을 내팽개치며 신경질을 냈다.

"정말 나를 뭘로 보고!"

은율은 어떤 상황일지 짐작이 됐지만 혹시나 물었다.

"왜? 무슨 일 있었어?"

엄마는 겉옷을 소파 위에 던지고는 장에서 와인병을 꺼내 들었다.

"아니, 사람을 우습게 봐도 분수가 있지. 어떻게 나한테 그런 일을 하라는 거냐고."

와인을 한 잔 가득 따라 한입에 비운 엄마는 끝내 울먹거리기 시작했다.

"아니, 나더러 주방에서 설거지나 하라잖아."

"그걸 모르고 나간 거야?"

"적어도 카운터를 맡을 줄 알았지. 그것도 할까 말까인데 어떻게 나한테."

엄마는 아빠와 헤어진 뒤로 무슨 일이든 해야 했다. 하지만 엄마가 할 수 있는 일은 없었다. 대학에서 미술을 전공했지만 졸업 이후 붓을 놓고 살았던 엄마다. 대학을 졸업하자마자 아빠랑 결혼해서 주부로만 살았다. 사회생활이라곤 전혀 하지 않은 엄마는 이력서에 적을 마땅한 이력이 없었다. 당연히 들어오는 일들은 엄마의 눈높이에 맞을 리가 없었다.

그럼에도 연락 온 일이 몇 차례 있었다. 첫 면접을 보러 나간 날 엄마는 집에 돌아오자마자 툴툴거렸다.

"아니, 도대체 왜 내가 일을 못할 거라는 거야?"

은율은 엄마의 옷차림을 보며 말했다.

"엄마! 설마 그렇게 입고 면접 보러 간 거야?"

엄마는 명품 로고가 촘촘히 박힌 실크 블라우스에 라인이 드러나는 롱스커트 차림이었다. 스카프와 가방 또한 한눈에 봐도 명품임을 드러내고 있었다.

"왜? 이게 어때서?"

"일 구하러 가는 옷차림이 아니잖아."

"일 구하러 가는 사람은 후줄근하게 하고 가야 한다는 거야?"

"그게 아니라 너무 과하잖아."

"너 명심해. 지금은 잠깐 상황이 달라진 것뿐이야. 사람이 아무리 형편이 어려워져도 품위를 잃으면 안 돼. 알았어?"

엄마는 그 뒤로 몇 번 취업에 성공했지만 채 일주일을 넘기지 못했다. 면접 때 말하지 않은 일까지 시켰다, 사장이 무례하다, 화장실이 마음에 들지 않는다…… 이유는 가지각색이었다.

점점 엄마의 일자리는 사라져 갔다. 신기한 건 그럼에도 불구하고 엄마의 소비 습관은 달라지지 않았다는 거다. 어떻게 그걸 감당하는지 의아했지만 은율은 굳이 묻지 않았다. 왠지 그걸 묻는 순간 그 책임을 저도 같이 져야 할 것 같았기 때문이었다.

은율은 신세 한탄을 잇는 엄마를 뒤로하고 밖으로 나왔다.

소개팅 상대로 나온 재민은 주연 말에 완전히 부합하는 사람이었다. 말 그대로 '훈훈' 비주얼. 머리에서부터 발끝까지 세련을 휘감고 있었다. 어떻게 해야 자신의 매력이 잘 드러나는지 알고 꾸민 게 확실했다. 은율은 안 보는 척하면서 재민의 옷차림을 쭉 살폈다. 바지에서 저도 모르게 시선이 멈춰 한참을 살폈다. 얼마 전 오픈런 구매 대행을 할 때 한 명품 매장에서 보았던 옷이 틀림없었다. 로고가 겉에 박히지 않아서 티가 안 났지만 주머니와 밑단에 있는 체크 패턴이 특이해서 기억에 남았던 옷이었다.

"뭐 좀 먹으러 갈까? 뭐 좋아해?"

"배 별로 안 고파요."

"그래? 그럼 아이스크림 먹으러 갈까? 너 요아정 좋아한다며?"

"네? 네."

재민이 천천히 발걸음을 이끌었다. 어디로 가는지 깨달으면서 아차 싶었다. 강우랑 자주 가서 먹던 곳이었다.

'뭐야? 뭐 하는 거야? 정신 차려, 오은율!'

마음으로 뒤통수를 세게 때렸다.

키오스크 앞에 서자 재민이 말했다.

"너 먹고 싶은 거 다 시켜."

강우와 시킬 때는 서로 좋아하는 거 시키겠다고 아웅다웅
했다.

"오빠는 좋아하는 거 없어요?"

"난 단 건 별로. 난 괜찮으니까 네가 원하는 걸로 골라."

'좋지 뭐. 내가 좋아하는 거 다 먹을 수 있고.'

재민과의 데이트는 그야말로 완벽했다. 하지만 왜일까?
은율은 자꾸만 기분이 처졌다.

"저 미안한데 몸이 좀 안 좋아서요."

재민은 집까지 바래다주겠다고 했다. 은율이 몇 차례나 거
절했지만 재민은 끝까지 고집했다.

"너 혼자 가게 하면 주연이한테 혼날 것 같은데."

"진짜 괜찮다니까요!"

은율은 저도 모르게 목소리가 높아졌다.

"아, 죄송해요. 진짜 괜찮아요. 오늘 정말 감사합니다."

은율은 한껏 예의를 차린 인사를 건네고 집으로 돌아왔다.

다음 날 은율은 학교 수업을 마치자마자 서둘러 교문을 나섰다. 주연이 그런 은율을 재빨리 따라왔다.

"너 오늘은 어디로 갈 거야?"

그게 무슨 말이냐고 묻는 얼굴로 주연이를 쳐다봤다.

"어떤 집으로 갈 거냐고?"

놀란 은율의 얼굴에 비난이 담긴 표정으로 맞대응하며 주연이 다시 물었다.

"오늘은 진짜 집으로 갈 거야?"

창피함이나 죄책감보다 들켰다는 안타까움이 먼저 들었다. 그런데 그걸 어떻게 알았지? 막 궁금한 마음이 들려는데 주연이 휴대폰을 들이밀었다. 재민 오빠와 나눈 톡이었다. 톡 마지막에 이렇게 적혀 있었다.

> 은율이라는 애 뭐냐? 혼자 집에 가게 두기 뭐해서 데려다주려고 따라갔는데 이상한 동네로 가던데. 우리 아파트 단지 산다며? 아니야?

> 그럴 리가. 오빠가 착각한 거 아니야?

무슨 소리야. 내가 다 확인했는데. 너 때문에 이게 뭐냐? 시간 낭비, 돈 낭비. 다음부터는 똑바로 알아보고 해라.

"아!"

"너 왜 나 속였어?"

은율은 아무 감정이 실리지 않은 표정으로 주연을 보았다. 처음 자신이 꾸며 만든 부캐를 중학교 친구들에게 들켰을 때가 떠올랐다.

은율은 아빠의 사업이 무너지자마자 바로 첼로를 그만두어야 했다. 음악 전공을 한다는 건 집안이 서서히 망해 가는 길이라는 우스갯소리도 있을 만큼 돈이 많이 드는 일이었으므로. 엄마가 그걸 감당해 낼 능력은 없었다.

'첼로' 하면 오은율을 떠올릴 만큼 세계적인 첼리스트가 되는 게 꿈이었다. 하지만 바로 꿈을 포기하고 일반 고등학교로 진학했다. 은율은 예중 동창들에게는 유학 갈 준비를 할 거라고 둘러댔다. 중학교에서 먼 곳에 있는 고등학교로 진학하면 알기 힘들 거라고 생각했다. 완벽을 위해 중간중간 인스타에 악기 사진을 올렸다. 첼로를 연주하는 자신의 모습을 실었다.

그러던 어느 날 인스타에 댓글이 하나 달렸다.

너 무연 고등학교에 다닌다며. 내 사촌이 거기 다니거든. 일반 고등학교에 가서도 아직 악기 하는 거야?


비난이나 힐난은 눈곱만큼도 없는 질문이었지만 은율은 알았다. 순수함이라는 거죽 속에 담긴 실소와 야유의 속살을.

치욕과 부끄러움에 몸이 부들부들 떨렸다. 그때 그 감정이 고스란히 되살아났다.

"왜…… 그럴 필요 없었는데."

주연이 세상 천진한 표정을 지으며 말했다. 제가 피해자라는 표정이었다. 너 때문에 나는 상처받았어, 하는.

"뭐를?"

왜 그렇게 말했는지 모르겠다. 마지막 자존심이었는지도 모르겠다.

"난 네가 무슨 말을 하는 건지 모르겠는데."

믿건 말건 상관없었다. 그냥 얼굴에 두꺼운 가면을 쓴 것처럼 시치미를 뚝 떼고는 말했다. 그러자 정말 어떤 게 진짜 자신의 상황인지 헷갈렸다. 은율은 은율 제 자신도 그렇게 속이고 있었다.

주연의 얼굴이 점차 빛을 잃어 가더니 더는 참지 못하겠다는 듯 소리쳤다.

"그래, 알았어."

주연이 그대로 뒤돌아 갔다. 은율은 한참을 그대로 서 있었다.

톡 알림음이 왔다. 무심코 꺼내 본 은율의 가슴이 쿵 내려앉았다. 톡을 보낸 건 엄마였다.


은율아, 빨리 집으로 와. 엄마 좀 살려 줘.


술을 먹고 혹시나 나쁜 생각을 하는 건 아닐까, 은율의 머릿속에 불길한 생각이 밀려들었다. 빨리 엄마에게 가야 한다는 생각밖에 없었다.

'제발, 제발.'

아무것도 눈에 보이지 않았다. 은율은 그대로 집을 향해 달렸다.

다행이라고 해야 할지 엄마는 멀쩡한 모습으로 대문 앞에 서 있었다. 한껏 차려입은 채로 서 있는 엄마를 보니 은율은 맥이 탁 빠졌다.

엄마는 은율을 보자마자 서둘러 집 안으로 잡아끌었다.

"너 빨리 옷 갈아입어."

“왜? 무슨 일인데?”

엄마는 은율의 질문에 대답은 않고 옷장을 마구 파헤치며 옷을 찾았다. 은율이 가진 옷 중에서 가장 비싼 옷들을 찾아 은율에게 가져왔다.

“당장 이걸로 입어. 시간 없어.”

은율은 짜증이 확 밀려들었다.

“어디를 가는 건지 말을 해 줘야지. 이상한 문자 보내서 사람 놀라게 하더니 어디 가는지 말도 안 하고 다짜고짜 옷을 입으라고 하면 어떡해?”

“도저히 참을 수가 없잖아. 생각하면 생각할수록 분통이 터져서.”

엄마는 전날 아침에 면접을 보러 간 식당에 가자고 했다.

“왜 거길 다시 가는데?”

“아니…….”

엄마는 말을 잠시 끌더니 선생님한테 고자질하는 초딩처럼 잔뜩 흥분해서 말했다.

“본때를 보여 줄 거야. 내가 무시해도 되는 사람이 아니라는 걸 보여 줄 거라고.”

엄마는 은율 팔을 잡고는 애원하듯 말했다.

“그러니까 우리 딸이 엄마 좀 도와줘. 응?”

그렇게 말한 엄마가 무언가 생각났다는 듯 창고 쪽으로 급히 갔다. 엄마가 창고에서 꺼내 온 건 은율이 처박아 두었던 첼로였다.

첼로를 본 순간 은율의 표정이 구겨졌다. 인스타에 달린 댓글이 다시금 떠올랐다. 모른 척 거짓말을 지적했던 바로 그 댓글이. 그때 느꼈던 수치심과 창피함이 다시금 은율의 가슴속으로 고스란히 파고들었다.

"뭐 해? 얼른 가자."

은율은 괴로워하며 엄마를 향해 소리질렀다.

"엄마! 제발 좀 그만해. 제발 좀!"

06

다음 날 아침 일찍 주연에게서 '일이 있으니 먼저 학교에 가.'라는 톡이 왔다. 주연은 학교에서도 어색한 표정으로 은율을 대했다. 멀리서라도 마주치면 고개를 돌렸다. 주연과의 사이가 점점 벌어지는 느낌이었다.

은율은 궁금했다. 만약 그때 솔직히 고백하면서 사정과 마음을 토로했다면 달라졌을까? 정말 주연에게 상처를 준 건가?

은율은 그대로 고개를 가로저었다.

'안 돼. 또 나만 상처받을 거야.'

은율은 자꾸만 피어오르는 기대를 억지로 내리눌렀다.

집으로 돌아가는 길, 집 근처에 다다른 은율의 발걸음이 우뚝 멈췄다. 귀에 익은 멜로디가 대문 안쪽에서부터 나와 은율의 귀로 흘러들었다. 아빠가 즐겨 부르던, 엄마에게 프러포즈할 때 불렀던 바로 그 노래였다. 'Lean on me'

노래가 끊기는 동시에 바로 엄마의 목소리가 흘러나왔다.

"응. 나야."

엄마의 벨소리가 저 노래로 울리는 건 처음 듣는 거였다. 사람별로 벨소리를 달리 저장해 놓은 엄마가 과연 누구를 저 벨소리로 설정했을까. 그럴 사람은 딱 한 사람뿐이었다. 은율은 숨죽이고 귀를 기울였다.

순간 대문이 열리며 엄마가 나오는 바람에 은율은 저도 모르게 후다닥 옆집 기둥 뒤로 숨었다.

엄마는 질책하는 목소리로 상대를 향해 말했다.

"왜 또 전화했어?"

은율의 귀에 한 글자가 거슬렸다.

'또? 또라고?'

그건 이전에도 전화한 적이 있다는 말이었다.

하지만 은율은 아빠가 출뢰하자마자 바로 잠적했다고 알고 있었다. 그렇다면 아빠가 아니라는 말인가?

엄마의 말이 이어졌다.

"싫어. 왜 내가 그 빚을 같이 갚아야 하는데? 당신이 한 일이잖아. 당신이 저지른 일은 당신이 책임져. 난 도무지 당신이 그 빚을 왜 갚으려고 하는지도 이해할 수가 없으니까."

"헉!"

비명이 나올 뻔해 은율은 입을 틀어막았다. 은율의 눈동자가 지진이 난 것처럼 흔들렸다. 엄마를 버린 무책임한 행동 때문에 아빠를 미워하고 증오했다. 돈 앞에 아빠가 그렇게 외치던 영원한 사랑이 무너지는 걸 보며 믿음의 세상이 무너졌다. 그런데…….

"당신 식구들한테 질렸어. 처음 사업 시작할 때 도와줬다고? 그럼 뭐 해? 잘못됐을 때 나 몰라라 했잖아. 그래 놓고선 빚을 갚으라고? 난 그런 사람들 보고 싶지도 않아."

엄마의 목소리는 점차 높아졌다.

"은율이를 보겠다고? 설마 은율이한테 연락한 건 아니지? 절대 하지 마. 당신 은율이에게 이 짐을 지워 주고 싶어? 뭐? 한 번만 본다고? 당신 보면, 그러면 은율이 마음이 편할 것 같아? 은율이한테는 당신이 우리를 떠났다고 하는 게 가장 깔끔해. 이게 다 은율이를 위한 거야. 은율에게 당신이 해 줄 수 있는 건 그것뿐이라고."

엄마는 잠시 뜸을 들였다가 말을 맺었다.

"모든 게 다 정리되면 그때 연락해. 알았어? 아 참, 양육비 보내는 건 잊지 말고. 돈을 훔치든 사기를 치든 알아서 해. 은율이 책임져야지. 당신이 아빠잖아."

엄마가 돈을 벌지 않으면서 생활을 할 수 있었던 이유를 알 수 있었다. 아빠는 뒤에서 이렇게 나름의 책임을 지고 있었다.

은율은 그 자리에서 한동안 움직이지 못했다.

<br>

**07**

은율이 집으로 들어가자 엄마가 은율에게 한달음에 달려와 티셔츠를 내밀었다.

"은율아! 이거 어때? 엄마가 쇼핑 갔다가 네 것도 하나 샀어."

은율이 고개를 들어 엄마를 보았다. 엄마가 은율의 얼굴을 보고는 물었다.

"얼굴이 왜 그래? 뭐 안 좋은 일 있었어?"

은율이 나지막이 엄마를 불렀다.

"엄마."

"응? 왜?"

"왜 엄마 맘대로 그걸 결정해?"

"무슨 말이야? 뭘 결정해?"

"아빠가 나를 볼지 말지를 왜 엄마가 결정하냐고?"

은율 말에 엄마의 표정이 싹 굳었다. 엄마가 은율을 보고는 눈이 동그래져서 물었다.

"너 혹시 아빠 만났어?"

"왜? 그럼 안 돼?"

"은율아, 잘 들어. 지금 아빠랑 같이 살면 우리는 완전히 저 밑바닥으로 떨어지는 거야. 엄마는 그렇게는 못 살아. 그렇게 후지고 구질구질하게는 살고 싶지 않다고."

은율은 진절머리가 났다. 그깟 겉치레가 뭐가 그렇게 중요한데 아빠까지 버려야 하는 건지 엄마의 허영심에 치가 떨렸다.

"엄마, 정신 차려. 우리는 망한 게 맞아. 구질구질하다고? 아빠랑 사는 게? 나는 아니야. 나는 괜찮다고. 그러니까 나에게서 아빠를 뺏지 말라고!"

고래고래 내질렀다.

"나는 그것도 모르고. 엄마 때문에⋯⋯. 당장 아빠 찾아와! 찾아오라고!"

아빠를 미워하고 원망했던 게, 사람들을 믿지 못했던 게, 늘 버림받았다는 상처를 안고 살았던 게, 또 상처받을까 봐 사랑해 주는 사람들을 먼저 버렸던 게, 모든 게 억울했다.

은율은 결국 감정을 주체하지 못하고 밖으로 뛰쳐나왔다. 고모와 큰아빠가 왜 도움을 요청했을 때 본체만체했는지, 아빠가 왜 연락 한 번 없었는지 이제야 이해가 되었다.

숨이 턱에 차오를 때까지 달렸다. 심장이 고통스러워질 즈음 카톡 알림음이 울려 쓰러지듯 공원 벤치에 주저앉았다. 강우였다. 강우 이름 옆에 20이라는 숫자가 찍혀 있었다. 읽지 않은 메시지가 스무 개라는 말이었다.

은율은 카톡 창을 열었다. 그날에 대한 설명을 적은 메시지가 창에 가득 떴다. 그날 은율이 본 건 오해라는 말과 함께 강우의 절절한 말이 이어졌다. 보고 싶다고, 계속 만나고 싶다고, 그냥 네 모습 그대로 좋다고.

만약 은율이 처음부터 진짜 자신의 모습 그대로를 보였으면 어땠을까? 은율은 강우에게 메시지를 보냈다.

이어 인스타 앱을 열었다. 그동안 올렸던 글들을, 자신을 포장했던 게시물들을 쭉 살폈다. 엄마의 겉치레와 그 글들이 겹쳐 보여 진저리가 났다. 은율은 게시물들을 모두 삭제했다.

마지막으로 계정을 삭제하려는 순간, 새 글이 올라왔다는 알림 문자가 왔다. 주연의 인스타에 새 게시물이 올라와 있었다. 은율과 같이 찍은 인생네컷 사진이 새로 올라와 있고 그 아래로 우정, 친구와 같은 단어가 해시태그로 달려 있었다.

은율의 눈에서 꾹꾹 눌러 참았던 눈물이 터졌다.

은율은 통화 앱을 열었다. 주연이라는 이름을 터치하고는 통화 버튼 위에서 손가락을 들고 한참을 망설였다.

은율의 손가락이 그대로 버튼을 꾹 눌렀다. 통화 연결음이 울리자마자 주연이 전화를 받았다.

"주연아! 나 할 말이 있어. 내 얘기 들어 줄래?"

3
유주빈
활동 닉네임 - 끝까지간다

**01**

　주빈이 잠시 숨을 고르기 위해 고개를 들었다. 주변을 둘러보니 다른 아이들은 모두 고개를 푹 숙인 채 집중하고 있었다. 그중에서도 특히 오우성, 우성은 로봇 같은 아이들 사이에서도 도드라졌다. 그 누구와도 말 한마디 섞지 않았고 한번 자리에 앉으면 화장실조차 가지 않았다. 주변 아이들이 모두 한순간에 사라진다 한들 전혀 아랑곳하지 않을 태도였다.

　"휴!"

　주빈의 눈에는 그런 모습이 신기했다. 전혀 사람같이 느껴지지 않았다. 그저 공부를 위해 존재하는 기계일 뿐이었다. 주빈은 숨을 내뱉는 자신이 부족하게 느껴져 다시 숨을 죽였다.

　자율 학습 시간이 끝나자마자 주빈은 이미 까맣게 어둠이 내려앉은 밖으로 천천히 걸어갔다. 교문 밖 길가에는 줄줄이 차가 정차되어 있었다. 쏟아져 나온 아이들은 제각각 구멍을 찾아 들어가는 개미들처럼 모두 그 차들 가운데 하나로 쏙쏙 들어갔다.

주빈이 다니는 학교는 자율형 사립고다. 줄여서 자사고. 주빈 엄마는 주빈이 어떤 상황에서도, 그 무엇에서도 최고가 되기를 원한다.

다행히 중학교를 졸업할 때까지는 엄마의 기대에 충족했다. 친구들 모두 놀러 갈 때도 혼자 공부에 매진했다. 자연스럽게 친구들은 점점 멀어졌다. 그렇게 친구 관계도 포기하고 매달린 결과 성적은 최고였다.

결국 주빈은 엄마가 말한 고등학교에 도전했고 다행히 진학에 성공했다. 주빈은 합격 통보를 받고 한시름 놓았다. 하지만 그건 시작에 불과했다.

막상 학교에 들어가고 나서 충격에 휩싸였다. 중학교 때까지는 한 번도 남에게 정상 자리를 양보한 적이 없었기 때문에 들어가기만 하면 당연히 잘 해낼 수 있을 거라고 생각했다. 하지만 그건 그저 무대가 작았을 뿐이었다. 조금 큰 무대로 올라 보니 이곳 아이들은 차원이 달랐다. 주빈과 같은, 아니 주빈보다 더 높은 성적으로 들어왔으면서도 더 열심히 하고 있으니까.

조바심이 나는 건 엄마도 마찬가지인 모양이었다. 조금의 틈도 주지 않고 주빈을 여기저기로 실어 날랐다.

"다른 애들이랑 똑같이 해서는 절대 따라갈 수 없어."

주빈은 10시까지 자율 학습을 마친 뒤 바로 집 근처 관리형 스터디 카페로 향해야 했다. 24시간 운영되는 그곳에서 매일 자정을 넘은 시각이 되어야 나올 수 있었다.

지치지만 주빈은 차마 힘들다는 말은 할 수 없었다. 엄마는 비가 오나 눈이 오나 매일같이 차로 학교와 학원, 스터디 카페로 옮겨 주고 있었으니까. 다만 주빈과 엄마가 한 가지 놓친 게 있다면 다른 아이들도 그 정도 노력을 당연히 한다는 거였다. 자율 학습만으로 만족하는 아이는 하나도 없었다.

엄마도 그런 분위기를 느낀 것 같았다. 가만히 있다가는 주빈이 낙오자가 될 거라는 생각을 한 엄마는 그때부터 정보 사냥꾼이 되었다. 주빈보다도 더 열심히 입시를 파고들며 공부했다. 도움이 된다는 강의나 교재, 프로그램이라면 무엇이든 사냥해 왔다. 그 획득물이 아무리 작다고 할지라도 뭐 하나 놓치지 않았다. 그 작은 차이가 결과를 좌우할지 모른다면서…….

주빈은 꾸역꾸역 그 사냥물을 섭취했다. 위장이 감당할 수 없다고 거부해도 억지로 욱여넣었다.

# 02

주빈은 목표만 바라보며 살았다. 중학교 시절에는 엄마가 말한 고등학교 입학만 보고 달렸다. 고등학교에 입학하면서 그 목표는 바로 바뀌었다.

그 목표가 바로 오우성이었다. 오우성이 차지하고 있는 바로 그 자리. 주빈이 우성을 처음 인식한 건 입학식 날이었다. 우성은 신입생 대표로 단상 위에 올라 선서문을 낭독했다. 그 말은 수석으로 입학했다는 말이었다. 남에게 져 본 적이 없던 (적어도 성적으로는) 주빈은 처음 느낀 감정에 휩싸였다.

목표를 쫓는 건 당연하게도 쉽지 않았다.

처음으로 치른 중간고사 성적의 결과가 나온 날이었다. 선생님은 종례 시간에 성적표를 나눠 주며 말했다.

"모두 고생 많았다."

아이들이 내뱉는 한숨 속 감정은 성적표를 받아든 순간 긴장에서 바로 실망으로 바뀌었다. 교실 분위기는 순식간에 바닥으로 가라앉았다. 주빈은 성적표를 보지 않고 받은 그대로 뒤집어 몸에 밀착시켰다. 비교와 견제가 가득한 교실 안에서는 차마 펼쳐 볼 수가 없었다.

선생님은 위로를 가장한 채찍질로 갈무리했다.

"일단 지나간 건 잊자. 거기에 매달려 있다고 달라지는 건 없어. 앞만 보고 다시 달리는 거야. 알았지? 당장 다가올 6모부터 철저히 대비하도록."

주빈은 선생님이 교실을 나가자마자 화장실로 달려가 끝 칸으로 들어갔다. 성적표를 보자마자 충격에 휩싸였다. 시험을 치른 뒤 혼자 채점을 했을 때만 해도 나름 자신이 있었다. 비록 최고는 아니라도 상위권 정도는 지킬 줄 알았다. 시험 결과는 절대평가가 아니라 상대평가라는 걸 잊고 있었던 거다. 그 상대가 절대 실수를 하지 않는 로봇 같은 아이들이라는 걸. 주빈이 놓친 한두 문제, 1, 2점이 쌓여 등수를 완전히 절벽으로 떨어뜨렸다.

주빈이 좌절한 건 도무지 극복할 방법이 떠오르지 않았기 때문이다. 말 그대로 할 수 있는 만큼 최선을 다했으니까. 뭘 더 해야 할지 알 수 없었으니까.

그대로 망연자실한 채 있는데 주빈의 휴대폰이 진동했다.

| 성적표 나왔지?

| 어떻게 나왔어?

엄마의 메시지였다. 주빈보다 주빈의 성적에 더 관심이 많은 한 사람. 당연히 엄마는 궁금해서 밤까지 참을 수 없었을 거다. 그래서 자율 학습에 들어가기 전 잠깐 휴대폰을 소지할 수 있는 시간에 맞춰 문자를 보낸 거였다.

> 죄송해요. 다음부터는……

주빈이 문자를 썼다 지우기를 몇 번이나 반복했다. 다음부터는 더 노력해서 올리겠다는 말을 차마 보낼 수 없었다. 과연 노력하면 올라갈 수 있을까?

머뭇거리는 사이 수업 시작종이 울렸다. 다시 다섯 시간 동안 꼼짝없이 갇혀 있을 감옥 방 안으로 들어가라는 뜻이었다.

주빈은 성적표를 꾹꾹 두 번 접어 바지 주머니에 넣었다.

화장실을 나와 교실로 가려는 주빈 앞으로 누군가 휙 지나갔다. 우성이었다. 여느 때와는 뭔지 모르게 분위기가 달랐다. 늘 딱딱한 얼굴이어서 그대로 표정이 굳은 건 아닐까 의심이 들 정도였는데 방금은 실성한 사람처럼 실실 웃음을 흘리고 있었다.

'역시나 성적이 잘 나온 모양이네. 그나저나 어디 가는 거야?'

우성이 향하는 곳은 교실과는 반대편이었다.

주빈은 잠깐 고민했다. 혹시라도 시작종을 못 들었나 싶어 알려 줄까 하다가 생각을 접었다. 이 학교 아이들은 간섭이나 참견을 싫어하니까. 선의도 상대가 받아들일 준비가 되어 있을 때만 유의미했다.

'아! 늦었다!'

주빈은 자신의 오지랖에 고개를 절레절레 저으며 교실을 향해 뛰었다.

또다시 숨 막히는 자율 학습 시간이 흘러갔다. 정말이지 교실 안은 외부와는 완전히 차단된 다른 세상인 듯했다. 차락차락 책장을 넘기는 소리, 사각사각 펜이 굴러가는 소리, 박박 지우개로 지우는 소리만이 떠다닐 뿐이었다.

한 시간쯤 흘렀을까.

교실 문이 열리며 감독 선생님이 들어왔다.

"저 자리는 누구지?"

선생님 말에 주빈은 저도 모르게 고개를 들어 뒤를 돌아보았다. 우성의 자리는 여전히 비어 있었다. 아무도 대답할 의지가 없어 보였다.

"오우성 자리인데요."

주빈의 입에서 건조한 목소리가 흘러나왔다. '오우성'이라는 말에 선생님은 바로 수긍하며 머리를 끄덕였다. 성적은 많은 것들에 면죄부를 부여한다. 성적이 좋으면 어느 정도의 일탈 행동은 이해될 수 있는 자격이 주어진다.

주빈은 내내 우성 자리를 흘끗거리며 불길한 기분을 떨치지 못한 자신을 탓하며 헛웃음을 지었다.

'누가 누굴 걱정하나.'


성적표를 받아 든 엄마는 한동안 말이 없었다. 입을 꾹 다문 채 스터디 카페를 향해 차를 몰았다.

"대체 뭐가 문제야?"

조금 뒤 엄마가 한 질문은 주빈이 스스로 저 자신에게 거듭 물은 질문이었다. 대체 뭐가 문제일까?

공부도 재능이랬다. 주빈 스스로는 지금껏 자신이 재능이 있는 아이인 줄 알았다. 하지만 재능에도 그 격차가 있는 듯했다. 종지만 한 재능을 타고난 자신이 사발을 가득 채우고도 넘치는 재능을 가진 아이들과 싸우는 게 과연 승산이 있는 걸까? 아니 과연 싸울 수나 있는 건가?

꺾여 버린 그 마음을 어떻게 털어놓아야 하는지 고민하고 있을 때였다. 신호에 걸려 차가 잠시 정차하자 엄마가 툭 내뱉었다.

“실수야.”

“…….”

주빈이 고개를 들자 엄마가 룸 미러로 자신을 보고 있었다. 거울을 통해 주빈과 눈이 마주치자 엄마는 눈에 힘을 주고 단호하게 말을 이었다.

“이번 한 번은 삐끗한 거라고. 좋은 경험 했다고 생각하고 다음만 보고 달려 보자.”

차가 다시 달리기 시작했고 엄마는 주빈에게 하는 말인지 스스로를 설득하기 위한 말인지 모를 말을 되뇌었다.

“처음이니까 실수할 수 있어.”

주빈은 계속하려던 말을 꾹 삼켰다.

‘다른 애들도 모두 처음이었어. 그런데 왜 나만 실수를 해?’

03

다음 날 교문을 거쳐 교실까지 가는 동안 주빈은 평소와는 다른 기운을 느꼈다. 선생님들은 뭔가 쉬쉬하는 분위기였고 그 사이에서 아이들은 약간 들뜬 얼굴로 눈치를 살피고 있었다.

모든 일에 무관심하기만 하던 아이들이었다. 그 아이들을 이렇게까지 뒤숭숭하게 만든 걸 보니 뭔가 심상치 않은 일이 있었던 게 분명했다.

왜일까? 주빈은 교실을 들어서며 우성의 자리를 먼저 살폈다. 우성의 자리가 비어 있었다. 담임 선생님은 무슨 일이 있다는 걸 증명하듯 내내 굳은 표정이었지만 별다른 말을 하지는 않았다.

조례를 마치고 선생님이 나가자 아이들 사이에서 소곤대는 소리가 들려왔다. 성적 추락, 성적 비관, 극단적 선택 같은 온갖 추측성 단어들이 교실 안에 난무했다.

주빈은 고개를 돌려 우성의 빈자리를 보았다. 머릿속으로 전날 자신의 앞을 스치던 우성의 모습이 떠올랐다.

'분명 웃고 있었는데⋯⋯. 큰 충격을 받아 그랬던 걸까?'

수업 시간 내내 주빈은 도통 집중할 수가 없었다. 아이들이 거침없이 쏟아 낸 불길한 말들이 주빈의 머릿속에서 떠나지 않았다. 그 말들은 점차 몸을 부풀렸다. 머릿속에서 우성의 실체를 만들어 냈고 그렇게 만들어진 우성은 이성을 잃고 하지 말아야 할 끔찍한 일을 하고 있었다. 주빈은 참혹하고 무서운 상상을 억지로 밀어내느라 연신 애를 써야 했다.

야간 자율 학습 시간이 되자 주빈은 극도의 두통을 느꼈다. 머리가 깨질 듯 아프고 종국에는 숨을 쉬기도 힘들 정도였다. 교실 안 공기가 모두 사라진 듯 숨통이 막히는 느낌이었다. 도저히 학교에 남아 있을 수가 없었다. 주빈은 도망치듯 교실을 뛰쳐나갔다.

조퇴 처리를 하러 교무실에 갔을 때였다. 쭈뼛대고 있으니 선생님이 주빈을 향해 물었다.

"너는 또 왜?"

"몸이 좀 안 좋아요."

"그래서 조퇴하겠다고?"

선생님은 무슨 말인가를 하려다 이내 포기한 듯 말했다.

"그래, 그래. 너희라고 감정이 없겠냐."

선생님은 순순히 조퇴서에 도장을 찍어 주었다.

학교 건물 밖으로 튀어 나간 주빈은 깊은숨을 토해 냈다. 맑은 공기를 마셔서인지 두통이 다소 잦아들며 숨통이 그나마 트이는 것 같았다.

주빈은 집까지 걸어갔다. 한 시간 반 남짓한 시간을 천천히 걸었다. 엄마는 생각지도 못한 주빈의 등장에 깜짝 놀라 물었다.

"너 왜 벌써 왔어?"

"몸이 안 좋아요."

"몸이 안 좋으면 병원에 가야지."

"좀 쉬면 나을 것 같아요."

"그러지 말고 당장 병원 가서 영양제라도 맞자. 그럼 바로 회복될 거야. 병원에서 바로 스터디 카페로 가면 되겠다."

엄마는 주빈의 건강보다는 공부할 시간을 버리는 걸 더 걱정하는 듯했다.

"엄마!"

주빈이 엄마를 불렀다.

"왜?"

"있잖아요, 오늘……."

주빈은 차마 우성에 대한 얘기를 꺼낼 수 없었다.

"너무 힘들어요."

학교를 그만두고 싶은 마음을 주빈은 그렇게 둘러댔다.

마음을 읽은 건지 엄마가 당혹스러운 눈빛으로 주빈을 보았다. 하지만 엉뚱하게도 방향이 바뀐 질문을 했다.

"몸이 많이 안 좋아?"

"이 학교가 힘들다고요!"

주빈의 목소리가 높아졌다.

엄마의 표정이 당혹에서 노여움으로, 노여움에서 다시 간절함으로 바뀌었다. 엄마는 주빈의 손을 덥석 잡고는 달래듯 말했다.

"공부가 많이 힘들어? 그래. 힘들지. 그런데 그때는 다 힘들어. 그래, 스트레스를 풀어 보면 어떨까?"

엄마는 가방에서 지갑을 꺼냈다. 지갑에 있는 돈을 모두 꺼내 주빈에게 내밀었다.

"이걸로 나가서 스트레스 풀고 와. 딱 3년만 버텨 보자. 응?"

"엄마!"

주빈이 울 것 같은 얼굴로 애원하듯 엄마를 보았다. 엄마는 어쩔 수 없다는 듯 한발 양보했다.

"그래. 그럼, 오늘은 푹 쉬자."

그 뒤로 조건이 따라붙긴 했지만.

"대신 기운 차리고 내일부터는 두 배로 달리는 거야."

주빈은 그날 밤 악몽을 꾸었다. 새벽같이 도착한 학교는 모두 불이 꺼져 있었다. 아무도 없는 학교 교문을 들어서는데 학교 건물 옥상에 우성이 서 있었다. 어스름하고 먼 거리였지만 실루엣이 분명 우성이었다.

'왜 저기에 서 있는 거야? 위험하게.'

그 생각을 마치기도 전에 우성이 공중으로 몸을 던졌다.

'안 돼!'

곧 퍽 하고 둔탁한 소리가 들렸다. 주빈은 그대로 고개를 돌렸다.

주변이 조용했다. 잠시 뒤 주빈은 덜덜 떨리는 몸을 이끌고 천천히 다가갔다. 바닥에 엎드려 있는 우성의 모습이 너무나 끔찍했다. 사지는 이상한 각도로 꺾여 있고 터진 머리에서는 피가 철철 흐르고 있었다. 몸을 숙여 얼굴을 본 주빈은 뒤로 벌러덩 나자빠졌다. 분명 우성이었는데 그 얼굴이 어느샌가 자신의 얼굴로 변해 있었다.

주빈은 얼굴이 새하얗게 질려 비명을 내질렀다.

"악!"

## 04

다음 날 아침, 주빈은 기상 시간이 지나도록 침대에서 나오지 못했다. 평소라면 엄마가 깨우기도 전에 일어나 준비를 마쳤던 주빈이었다.

똑똑, 노크 소리에 엄마의 목소리가 이어졌다.

"엄마, 들어간다."

밤새 악몽에 시달린 주빈은 기진맥진한 상태였다. 상대할

힘도 없어 이불을 머리까지 뒤집어쓰고 누운 그대로 몸을 벽 쪽으로 돌렸다. 그러고는 잠든 척 숨을 죽였다.

엄마는 침대 옆쪽에 걸터앉았다.

"그래, 주빈이 원하는 대로 해."

주빈이 이불을 들추고 몸을 돌려 엄마 얼굴을 봤다. 엄마가 드디어 마음을 이해해 주는 건가, 얼굴에 기대가 피어올랐다.

"대신 딱 이번 학기만 견뎌 보자. 아직 적응이 안 되어서 그런 걸 수도 있으니까. 만약 그때까지도 힘들면 그때는 정말 주빈이 말대로 해 줄게."

주빈의 얼굴이 바로 구겨졌다. 엄마의 어이없는 말은 계속 이어졌다.

"학교에 일주일 체험 학습 신청서 냈어. 일주일 동안 쉬면서 마음을 다잡아 보자. 대신 엄마가 특강 준비해 놓았으니까 그거 들으면서. 자, 이제 천천히 일어나자. 9시부터 수업 시작이니까."

주빈은 더 엄마 말을 듣다가는 어떤 말이 튀어나올지 알 수 없었다. 독한 말을 차마 내뱉을 수 없어 어금니를 꽉 물고는 이불을 다시 뒤집어썼다.

"가야 한다고! 정말 어렵게 모신 선생님이란 말이야!"

엄마는 주빈의 말을 들어줄 생각이 없어 보였다.

"이 시기만 견디면 되는 거야. 그러니까 두 달만 꾹 참아 보자. 응?"

제아무리 힘들다고 호소해도 소용없을 것 같았다.

주빈은 몸을 벌떡 일으켰다.

"알았어. 할게."

엄마가 주빈을 와락 안았다.

"고마워, 아들. 엄마 말 들어줄 줄 알았어."

엄마는 그 말과 동시에 휴대폰을 꺼내 주빈에게 줌 주소를 문자로 보냈다. 주빈의 휴대폰에서 문자 알림음이 띠링, 하고 울렸다.

엄마가 나가자마자 주빈의 눈에서 눈물이 터져 나왔다. 몸이 떨리며 눈물이 저도 모르게 자꾸만 흘러내렸다.

주빈은 눈물을 거칠게 쓱 닦았다. 주빈의 눈빛이 그새 달라져 있었다. 가방에서 휴대폰을 찾았다. 바로 '어부바 앱'을 열어 임무란에 글을 적어 갔다.

---

오전 9시부터 오후 1시까지 줌 수업을 받으실 분 찾습니다.

3회 강의입니다. 줌 링크 보내 드리겠습니다.

이름은 '유주빈'이라고 하시면 돼요.

얼굴을 모르기는 하지만

혹시 모르니 화면에 얼굴이 잘 나오지 않도록 하는 게 좋습니다.

**끝까지간다**

---

임무 게시판에 글이 오른 걸 확인하고는 나갈 준비를 했다.

"엄마, 나 줌 수업, 스카 가서 들을게요."

주빈은 그 어느 때보다 공손하고 차분한 어조로 말했다.

준비를 마치는 10분 동안 수행자를 지원해 '찜'을 누른 아이들이 많았다. 역시나 성적을 높이는 일에는 불나방처럼 달려든다. 주빈은 가장 먼저 찜을 누른 아이디를 포대기로 선택하고는 엄마에게 갔다.

"나 돈 좀 주세요."

엄마는 만족스러운 웃음을 지으며 주빈의 머리를 쓰다듬었다.

"그럼, 그럼."

엄마는 지갑에 있는 돈을 모두 꺼내 주고는 부족하다고 느꼈는지 카드를 주며 이어 말했다.

"통장에 넉넉히 넣어 놓을 테니 이걸로 먹고 싶은 거 다 사 먹어."

엄마는 더없이 만족스러운 얼굴로 주빈을 배웅했다.

주빈은 별말 없이 그대로 집을 나왔다. 항상 엄마가 정해 준 대로 살아왔다. 엄마가 하라는 걸 어기는 건 처음이었다. 무작정 지하철역으로 가서 계단을 내려갔다. 막상 지하철을 타는데 살짝 겁이 났다.

'쳇! 진짜 어떻게 산 거냐?'

자신이 너무도 한심했다. 열일곱이 될 때까지 뭘 혼자 해 본 적이 없었다. 집을 나설 때만 해도 보란 듯 일탈을 하려는 마음이었다. 돈도 두둑이 챙기고 시간도 충분하다. 하지만 고기도 먹어 본 놈이 먹는다는 말이 맞는 모양이었다. 막상 어디를 가야 할지 그저 막막하기만 했다.

그대로 다섯 역쯤 가다가 사람들이 우르르 내리길래 따라 내렸다. 밖으로 나가니 수많은 사람이 거리를 활보하고 있었다.

자신이 감옥 같은 학교에 갇혀 있는 동안 이렇게 살아 있는 시간을 보내는 사람들이 있구나, 하는 생각이 들었다. 주빈은 몰랐던 완전히 딴 세상이었다.

그대로 한 시간 정도를 걸었다. 발길 닿는 대로 걷다가 코인 노래방을 발견했다. 친구들이 스트레스를 풀러 자주 간다고 했던 생각이 났다. 그대로 안으로 들어갔다. 처음이라 뭘 어떻게 해야 하는지 몰라 헤매고 있는데 주인아주머니가 주빈을 위아래로 훑더니 이용법을 설명해 줬다.

한 시간이 넘게 노래했다. 목이 쉬어라, 소리를 내지르고 나니 체한 것마냥 내내 답답하게 막혀 있던 게 조금은 내려가는 느낌이었다.

05

그 뒤로도 엄마는 계속해서 이런저런 과외와 특강을 물어왔다. 주빈은 계속해서 어부바 앱에서 대신할 사람을 찾았다.

하지만 꼬리가 길었던 모양이었다.

"6모 대비 특강으로 어렵게 모셨어. 대면으로만 수업하신다고 해서 스터디 카페 미팅룸으로 잡았으니까 늦지 않게 가야 해. 녹음이나 녹화는 안 된다니까 한 문장도 놓치지 말고 잘 듣고. 알았지?"

엄마의 신신당부가 이어질수록 주빈의 반발심도 비례해서 커 갔다. 주빈은 어부바 앱에서 대신 수업을 들어 줄 포대기를 찾았다. 특별히 업력이 높은 아이로 골랐다.

주빈의 방황 범위는 점차 넓어져 그날은 바다나 보고 올 요량으로 기차표도 미리 예매해 두었다. 기차역에 도착해서야 휴대폰을 두고 나온 걸 깨달았다. 할 수 없이 서둘러 집으로 돌아가는데 정문 입구에서 엄마 차가 주차장을 빠져나가는 걸 목격했다.

설마 그럴 리가 없다고 생각하면서도 불길한 예감이 떠나질 않았다. 주빈은 급히 집으로 가 휴대폰을 가지고 나온 뒤 스터디 카페를 향해 뛰었다. 뛰면서 포대기가 된 아이에게 급히 디엠을 보냈지만 읽지 않았다. 수업 때문에 전화기를 꺼놓은 모양이었다.

주빈의 예감이 맞았다. 엄마 차는 스터디 카페 건물 주차장에 서 있었다.

주빈은 속에서 어떤 감정이 끓어오르는 걸 느꼈다. 그대로 스터디 카페가 있는 9층으로 올라갔다. 룸 쪽으로 향하는데 시끄러운 소리가 들리고 있었다. 엄마 목소리였다.

룸 안의 상황은 짐작대로였다. 엄마가 이성을 잃은 듯 한 남자아이를 공격하고 있었다. 저 대신 온 아이가 틀림없었다. 옆에 있는 다른 아이들은 그저 방관자로 바라보고만 있었다. 학교에서도 익숙한 눈길이었다. 내 일이 아니면 별로 관여하지 않겠다는 눈.

일단 그 상황을 정리해야 했다.

"제가 잠깐 부탁한 겁니다."

모두의 시선이 동시에 주빈에게로 향했다.

"좀 늦을 것 같으니 내가 올 때까지 대신 들어 달라고. 그러니까 저 애한테 뭐라고 하지 마세요."

잠시 눈빛이 흔들리던 엄마가 정신을 차린 듯 주빈을 룸 밖으로 이끌었다.

"대체 왜 늦었는데?"

"학교에 잠깐 갔다 왔어요. 학교에 교재랑 패드 놓고 와서요."

엄마는 여전히 의심 가득한 얼굴로 말했다.

"전화로 선생님께 말씀드리면 되잖아."

"선생님 전화번호를 제가 어떻게 알고요? 그리고 여기 애들 중 내가 번호를 알 만한 애가 있나요?"

"그럼 엄마한테라도……."

"그러는 엄마는 왜 여기에 왔는데요?"

공격 방향이 자신에게로 바뀌자 엄마는 할 말을 잃은 표정이었다. 무슨 말인가를 내뱉으려던 엄마가 움찔하더니 룸 쪽을 돌아봤다. 작은 창문으로 선생님과 아이들이 모두 어쩌지 못하고 둘을 기다리고 있는 게 보였다.

"휴!"

한숨을 지은 엄마가 그대로 돌아서 룸으로 다시 들어갔다.

엄마는 탐탁지 않은 표정이긴 했지만 결국 어쩔 방도가 없었는지 강우라는 애를 보내 줬다.

집에 도착하자마자 엄마는 주빈의 가방을 뒤졌다.

"뭐 하는 거예요?"

가방을 탈탈 털자 안에서 생수병과 모자, 에너지바 같은 것들이 후두두 떨어졌다. 엄마의 눈길이 날카로워졌다.

"교재랑 패드는 어디 있는데?"

주빈이 아무 말 없이 주섬주섬 쏟아진 물건들을 다시 가방에 챙겼다.

"너 진짜 대체 왜 그러는 거야? 엄마는 배신감이 들어 몸이 떨려. 어떻게 엄마를 그렇게 속일 수가 있어?"

마치 끓고 있던 용암을 터뜨린 활화산 같았다. 주빈이 그토록 피하고 싶었던 엄마의 얼굴이었다.

"엄마 마음을 왜 이렇게 몰라 주니?"

주빈이 별말 없이 잔뜩 흥분해 소리치는 엄마의 얼굴을 보았다.

'엄마는 내 마음을 알아요?'

"정말 엄마 죽는 거 보고 싶어?"

주빈은 눈빛으로 말했다.

'엄마, 나도 죽을 것 같단 말이에요.'

엄마는 주빈을 향해 책가방을 던지며 소리쳤다.

"이따위로 할 거면 차라리 학교에 가. 얼른 학교 갈 준비해."

주빈은 눈물이 들어찬 눈으로 엄마 얼굴을 노려봤다.

"그리고 다음 학기부터는 기숙사 들어가. 기숙사 답답하다고 집에서 다니고 싶다고 해서 엄마가 믿어 줬는데 이럴 거면 들어가야지. 아 참, 그리고 너 휴대폰 보니까 이상한 앱이 깔려 있더라. 그거 맞지? 요새 애들끼리 서로 이상한 일 부탁하고 그런다는 앱. 엄마가 탈퇴하고 삭제했으니까 그리 알고."

주빈이 그대로 폭발했다.

"엄마, 제발! 나도 형처럼 만들고 싶은 거예요?"

금기시되어 있던 '형'이라는 말에 엄마의 눈동자가 무섭게 흔들렸다.

주빈에게는 5살 터울의 형이 있다. 이름은 유주영. 형은 엄마의 안내대로 묵묵히 따르는 아들이었다. 엄마의 기대에 충족할 결과를 내기 위해 그야말로 죽을 만큼 노력했다. 전국에서 순위권에 드는 고등학교에 들어갔고 거기에서도 눈에 띄는 성적을 받아 왔다. 고등학교를 졸업한 뒤에는 목표로 한 대학 의과에도 합격했다.

합격 결과를 받은 날, 엄마는 무척이나 기뻐했다. 주빈도 형을 보면서 형처럼 되겠다고 목표를 세웠다. 앞날에 행복만 가득할 것 같았다.

하지만 형의 모습은 그렇지 못했다. 점점 표정이 어두워지는가 싶더니 언제부터인가 학교에 가지 않기 시작했다.

그러던 어느 날 형은 엄마 아빠 앞에서 선언하듯 말했다.

"엄마! 이 길은 제 길이 아닌 것 같아요. 죄송해요."

형은 대학이라는 목표만 이루면 끝일 줄 알았다고 했다. 하지만 그곳은, 그곳에서 하는 공부는 형이 생각했던 것과는 다르다고 했다. 앞으로 학교를 졸업하고 또다시 시험을 치르고 경쟁을 하면서 엄마가 목표로 세워 준 전문의가 되기까지의 과정을 버텨야 할 이유를 모르겠다고 했다. 지금까지 앞만 보고 달린 게 허무할 뿐이라고 했다.

주빈 나이 15살 때였다. 주빈은 형이 하는 말을 이해하지 못했다. 그저 형이 물러서 다른 애들과의 경쟁에서 진 거라고 생각했다.

엄마 역시 형의 울음 섞인 절규를 들으면서도 인정하지 않았다. 이렇게 계속하다가는 죽을 것 같다는 형의 말에도 어떻게 간 학교인데 그만두냐며 조금만 버티면 밝은 앞날이 기다리고 있다고 했다. 처음이라 흔들리는 것이니 마음을 더 단단히 먹으라고 형을 설득했다.

그날 새벽, 형은 휴대폰과 쪽지 한 장을 남겨 두고 자취를 감췄다. 엄마 아빠는 형을 찾아 헤맸지만 찾지 못했다. 신고를 했지만 경찰들은 대수롭지 않은 표정으로 이렇게 말할 뿐이었다.

"마음먹고 가출한 경우는 찾기가 힘듭니다. 게다가 성인이라면 강제 귀가시킬 수도 없고요."

아빠는 그 책임을 엄마에게 떠밀었다.

"당신이 애를 그렇게 몰지만 않았어도."

"그게 무슨 말이야?"

"몰라서 물어? 당신 때문에 주영이가…… 주영이가 떠난 거잖아!"

"당신까지 어떻게 이래? 내가 나 좋자고 그런 거야? 다 주영이를 위한 거였잖아. 내가 대체 뭘 잘못했는데?"

원래도 교육관 때문에 다툼이 끊이지 않던 엄마 아빠는 바로 이별했다. 엄마와 아빠는 서로를 용서할 수 없다고 했다. 주빈은 엄마 곁에 남았다. 엄마에게 힘이 되어 주고 싶었다. 그리고 그 방법은 제가 형을 대신하는 거라고 생각했다.

형 때문에 반년 넘게 힘들어하던 엄마도 점차 정신을 차리고는 주빈에게 관심을 쏟았다. 주빈은 엄마가 제시한 길을 그대로 따랐다. 형이 했던 결과물을 내기 위해 최선을 다하면서.

그런데 우성의 일을 겪으면서 애써 잊고 있던 형의 말이 다시금 떠올랐다. 그리고 그 말이 무슨 말인지 어렴풋이 알 것 같았다. 주빈은 겁이 났다. 열심히 노력해서 우성의 자리에 간다면 우성처럼 되는 걸까? 아니, 우성의 자리를 차지해 대학에 간다고 하더라도 형처럼 되는 건 아닐까? 자신의 목표들이 무너지는 모습을 보면서 주빈은 두려워졌다.

목표가 무너진 건 엄마도 마찬가지인 모양이었다. 엄마는 주빈 말에 세상 무너진 얼굴이 되어 바닥에 주저앉았다.

## 06

그 뒤로 엄마와 주빈은 데면데면했다. 엄마는 방에서 거의 나오지 않았는데 가끔 화장실에 가다 마주쳐도 주빈을 못 본 척했다.

주빈은 불편한 상황을 피하려고 아침 일찍 집을 나섰다. 여기저기 다니다 자정이 다 된 시각이 되어서야 집으로 돌아왔다. 주빈이 나갈 때도, 집에 들어올 때도 엄마의 방문은 늘 꾹 닫혀 있었다.

그렇게 3일째 되는 날 밤, 굳게 닫혀 있는 방문을 보는데 왠지 불길했다. 문을 두드려 봤지만 대답이 없었다. 문을 빼꼼 연 주빈 눈에 가장 먼저 들어온 건, 침대 옆 탁자에 올려진 약병이었다.

주빈은 한달음에 엄마 곁으로 달려갔다.

"엄마! 엄마!"

엄마를 부르짖으며 정신없이 마구 흔들었다. 엄마가 힘겹게 눈을 떴다. 주빈은 긴장이 풀리는 동시에 다리에 힘이 풀려 그대로 주저앉고 말았다.

엄마가 몸을 일으키며 착 가라앉은 목소리로 물었다.

"주빈아, 왜 그래?"

"엄마가…… 엄마가 죽는 줄 알았잖아."

주빈이 어린아이처럼 울음을 터뜨렸다. 그런 주빈을 보며 엄마도 울먹였다.

"미안해. 주빈이한테 너무 미안해."

다음 날 아침 일찍, 주빈은 집을 나섰다. 주빈이 향한 곳은 아빠가 일하는 회사였다. 아빠가 얼굴을 보자고 전화해도 계속 거부했었다. 그리고 보니 아빠를 본 지가 8개월이 넘었다. 아빠를 보고 싶다는 생각조차 밀어내고 있었던 거다.

막상 회사 앞에 도착해서 머뭇대고 있는데 누군가 어깨를 툭툭 두드렸다. 뒤를 돌아보니 아빠가 주빈을 보며 씩 미소 지었다. 안 본 사이에 아빠의 눈과 이마에 주름이 늘어 있었다.

"아빠."

아빠를 부르는데 살짝 어색한 표정이 지어졌다. 너무 오랜만에 불러서일까?

아빠는 주빈을 데리고 근처 공원으로 갔다. 자판기에서 캔 음료를 뽑고 둘은 벤치에 앉았다.

"힘들지?"

뚜껑을 딴 음료를 건네며 아빠가 물었다.

"아빠는요?"

주빈은 대답 대신 아빠를 향해 되물었다.

"미안하다."

아빠 역시 주빈의 물음에 사과로 대신할 뿐이었다.

아빠는 잠시 뜸을 들인 뒤 오래 묵혀 왔던 말을 읊조렸다.

"엄마한테 네가 있어야 할 것 같았어. 너마저 아빠가 데리고 나오면 엄마가 견딜 수 없을 것 같았거든."

주빈이 작게 고개를 끄덕였다. 주빈 역시 같은 생각이었으니까. 그래서 엄마 곁에 남은 거니까.

"주빈아! 이제 견디지 말고 주빈이 하고 싶은 대로 해."

주빈이 고개를 돌려 가만히 아빠 얼굴을 보았다.

"어제 엄마가 왔었어. 엄마가 그러더라. 어쩌면 엄마가 틀리지 않았다는 걸 증명하고 싶었던 것 같다고. 그래서 주빈이 마음 같은 건 고려하지 못했다고."

엄마가 목표를 이루기 위해 형을 잡아 이끌 때 아빠는 계속해서 엄마를 말렸다.

"그만 좀 해. 주영이 좀 힘들게 하지 말라고."

엄마는 그런 아빠의 말을 인정하지 않았다.

"내가 주영이를 힘들게 한다고? 내가? 나중에 봐 봐. 이게 다 주영이를 위하는 거라는 걸 깨달을 테니까."

엄마는 아빠에게 보란 듯 형을 더 강하게 잡아끌었다. 그러다 결국 형이 그 줄을 놓고 달아나자 아빠는 엄마를 원망했다.

"당신이 원한 게 이런 거야? 당신이 이렇게 만든 거야."

그 말은 너무도 냉정했다. 어린 주빈도 그 말을 하는 아빠가 원망스러웠으니까. 아빠의 그 말에 엄마는 한동안 정신을 차리지 못했다.

아빠가 벤치에서 일어서며 말을 마쳤다.

"모두 아빠 탓이다. 아빠가 힘들어서 주영이 일을 모두 엄마에게 돌린 거야. 안 그래도 힘들었을 텐데 그 책임을 모두 떠안았으니 엄마가 얼마나 무거웠겠어. 결국 그게 너를 힘들게 했구나. 아빠가 정말 미안하다."

아빠가 헤어지기 전 주빈에게 거듭 당부했다.

"아빠 대신 엄마를 지켜 줘서 고맙다. 그 정도면 충분해. 그러니까 이제 주빈이 네 마음을 보면서 살아. 언제든 힘들면 연락하고."

주빈은 집으로 돌아오며 엄마 마음을 짐작해 보았다. 엄마는 어쩌면 스스로를 가장 원망하고 있었던 게 아닐까? 그 죄책감이 너무 괴로우니까 인정하고 싶지 않았을 거다. 그래서 기를 쓰고 증명해 보이려는 거였다. 엄마가 잘못한 게 아니라는 것을.


## 07


다음 날, 주빈은 학교로 향했다. 일주일만이었다.

"어!"

교실로 가기 전 교무실에 들르려던 주빈은 눈을 믿을 수 없었다. 우성이었다. 우성은 엄마인 듯한 중년 여자와 함께 담임 선생님 앞에 앉아 이야기를 하고 있었다. 주빈은 문 앞에 멈춰 멍하니 서서 우성을 바라보았다. 길게 이마로 내려왔던 앞머리가 짧아져 위로 쭉쭉 뻗쳐 있었다. 머리 때문일까?

원래 알고 있던 우성이 아니라 다른 아이처럼 보였다.

갑자기 우성이 고개를 돌리는 바람에 주빈은 저도 모르게 벽 쪽으로 돌아 몸을 바짝 붙였다. 숨을 죽이고 대화를 가만히 엿들었다.

"그래, 후회하지 않겠어?"

선생님 질문에 우성이 기다렸다는 듯 바로 대답했다.

"네."

옆에서 듣고 있던 여자가 참지 못하고 끼어들었다.

"아니, 여기까지 와서 포기하는 게 말이 되나요, 선생님?"

우성이 그런 여자를 향해 고개를 돌려 답답하다는 듯 목소리를 높였다.

"1등으로 들어오기만 하라며. 그럼 하고 싶은 대로 하라고 했잖아, 엄마가. 그래 놓고선 약속 안 지킨 건 엄마잖아!"

"네가 이럴 줄은 몰랐지! 아니, 어떻게 그렇다고 시험을 이따위로 치를 생각을 하냐고."

"이렇게 하지 않으면 엄마가 포기하지 않을 거잖아."

"아무리 그래도 어떻게……!"

둘의 언성이 높아지자 선생님이 끼어들며 말했다.

"왜 그게 하고 싶은 건데?"

여자가 또 끼어들었다.

"음악은 취미로 해도 되잖아요. 그렇죠, 선생님?"

'음악?'

생각지도 못한 말에 주빈이 고개를 빼꼼 들이밀어 우성을 보았다. 우성은 마땅한 말을 찾는 듯 눈을 굴리고 있었다.

선생님 역시 대답을 기다리는 듯 우성 얼굴을 물끄러미 보고 있었다. 우성이 눈을 반짝이며 대답했다.

"제 가슴이 뛰어요."

주빈은 그대로 한참을 우성의 얼굴에서 눈을 뗄 수 없었다. 처음으로 우성의 얼굴이, 우성의 눈빛이 살아 있다고 느꼈으니까.

"그래, 그럼. 물건 잘 챙겨서 가지고 가렴. 응원한다."

애써 담담한 척하기는 했지만 선생님도 생각이 복잡한지 우성이 나간 뒤에 길게 한숨을 내쉬었다.

교무실을 나서는 우성과 주빈이 잠시 시선을 마주쳤다. 짧은 눈빛 교환이었지만 주빈은 눈에 멋지다, 응원한다는 마음을 담았다. 우성 역시 별다른 말을 하지는 않았지만 그 눈에서 읽을 수 있었다. 주빈에게 용기를 내라고 말하고 있다는 걸.

주빈이 다가서자 담임 선생님이 물었다.

"그래, 이제 일은 해결된 거야?"

담임이 이렇게 물은 건 결석 첫날에 온 담임의 문자에 주빈이 답한 것 때문이었다.

　몸은 괜찮은 거니? 어머님께서 체험 학습 신청서 내셨던데 아
픈 건 아니지?

　괜찮습니다. 해결할 일이 좀 있어서요.

"……."
"해결할 게 뭐였는지는 당연히 말 안 해 줄 거고……."
선생님은 해마다 이맘때면 꼭 이런 일을 겪는다며 애써 아
무렇지 않은 척 말했다.
"그래, 뭐. 고비를 겪으면서 단단해지는 법이지. 그래도 두
명이 동시에 그러니 힘들다. 방황하더라도 한 명씩 순서대로
하자. 응?"
우연히 고개를 돌려 창밖을 본 주빈 눈에 교문을 나서는
우성이 눈에 띄었다. 커다랗게 부푼 가방을 등에 멘 채 뚜벅
뚜벅 걸어 나가는 우성의 발걸음은 무거운 가방을 멨으면서
도 왠지 가벼워 보였다. 주빈은 그렇게 자신의 목표가, 아니
목표였던 우성이 서서히 시야에서 멀어져 가는 것을 가만히
지켜보았다.

“목표가…… 목표가 사라져서요.”

선생님이 주빈의 눈길을 따라 창밖을 가만히 보면서 대답했다.

“그래. 그럼 다시 목표를 찾아야겠구나. 이번에는 꼭 가슴이 뛰는 걸로 찾도록 하렴. 나중에 또 바꾼다고 나 당황하게 하지 말고.”

드르륵! 주빈이 교실 문을 열자 떠들썩하던 교실이 일순간 조용해졌다. 잠시 멈칫했던 반 아이들이 주빈을 보고는 다시 왁자지껄 수다를 떨기 시작했다.

“정말 대박이지 않냐? 어떻게 일부러 시험을 망칠 생각을 하냐?”

“다 틀리는 것도 힘든 거 알지? 다 알아야 할 수 있는 거거든.”

“그럼 완전 빵점이라는 거야?”

주빈은 자리에 앉아 크게 호흡을 가다듬었다. 숨을 쉬는 게 한결 편안했다. 처음으로 그 공간이 숨 쉬는 아이들이 있는 교실처럼 느껴졌다.

4
마은지
활동 닉네임 - 룩북다이어리

## 01

"악!"

귓바퀴 위쪽에 박혀 있는 귀걸이를 빼내던 은지의 입에서 비명이 흘러나왔다. 귀걸이의 침 부분에 진물과 피가 엉겨 있었다. 구멍을 만져 보니 손가락에 피가 섞인 진물이 묻어 나왔다. 은지는 티슈로 귀와 귀걸이를 닦아 냈다. 벌겋게 부어오른 상태에서 다시 귀걸이를 밀어 넣을 때는 이를 악물어야 했다. 가까스로 침을 끼워 넣은 은지는 머리카락으로 귀를 가린 뒤 방을 나갔다.

"밥 먹고 가."

식탁에 앉아 아침밥을 먹던 아빠가 툭 말을 뱉었다. 은지는 아빠 말을 무시하고 그대로 지나쳤다. 막 교복 재킷 위에 가방을 메고 현관을 나서려는데 다시 아빠의 건조한 말이 이어졌다.

"언제까지 그런 애하고 어울려 다닐 거냐?"

은지가 그대로 멈췄다. '그런 애'라는 말이 은지의 귀에 거슬렸다.

"뭐가 그런 애인데?"

아빠가 의자를 드르륵 뒤로 밀며 일어섰다. 은지 곁으로 다가선 아빠는 얼굴선을 따라 흐르는 은지의 단발머리를 귀 옆으로 넘겼다.

"너 이거 뭔데?"

은지가 아빠의 손을 탁, 쳐 냈다.

은지의 귀에는 귓바퀴부터 귓불까지 촘촘히 장신구가 박혀 있었다. 은지는 다시 머리로 귀를 가리며 소리쳤다.

"무슨 상관인데?"

"너 대체 왜 그러는 거야? 왜 자꾸 그런 애랑 놀면서 엇나가는 건데?"

"내가 뭘 엇나가는데?"

아빠는 크게 한숨을 내쉬었다.

"은지야, 제발 좀."

은지는 가방을 현관 바닥에 탁, 소리 나게 내려놓고는 신경질적으로 현관문을 열고 밖으로 나갔다. 끓어오르는 분노가 숨통을 콱 틀어막는 느낌이었다.

잘 좀 하라고 다그치는 말도, 네가 그러면 그렇지 하면서 기죽이는 말도, 잘할 수 있을 거라며 사탕발림하는 말들도 다 거슬렸다. '관심'이나 '사랑'이라는 허울 좋은 껍데기를 쓴 간섭일 뿐이니까.

찬바람을 맞으며 정신없이 달렸다.

언젠가부터 은지는 이렇게 숨이 막힐 때마다 귀를 뚫었다. 귀에 구멍을 내면 그나마 숨통이 조금은 트이는 것 같았다.

은지는 늘 찾았던 피어싱 가게로 갔다. 도착해 보니 은지를 맞이한 건 'closed'라고 적힌 팻말이었다. 아직 오픈 시간이 안 되었다는 걸 미처 깨닫지 못했다.

은지는 가게 앞 문턱에 쓰러지듯 앉았다. 은지 앞으로 사람들이 바쁘게 지나가고 있었다. 목적지를 향해 바삐 걷는 사람들과는 달리 은지는 막상 갈 데가 없었다.

그때 바로 은지의 휴대폰이 울렸다.

마은지. 왜 안 오니? 오늘도 안 오면 챙겨 주려고 해도 어쩔 수가 없어. 그러니까 빨리 오도록.

담임이었다. 담임은 얼마 전 은지가 며칠 결석을 하자 따로 불러 경고했다. 더 무단결석이 이어지면 생교위에 회부될 거고 그러면 대학에 가기 힘들 거라고. 지금이라도 정신 차려야 사람답게 살 수 있다고.

반발심이 치솟았다. 은지가 왜 결석했는지, 어떤 마음이었는지 따위에는 관심조차 없었다. 역시 이번 담임도 마찬가지였다.

은지가 지금까지 만난 선생님들은 모두 똑같았다. 하나같이 아이들을 우열로 갈랐다. 어른들이 만들어 놓은 제도와 규칙대로 따르는 아이와 그렇지 않은 아이, 대학에 갈 아이와 그렇지 않은 아이, 사람 구실을 할 아이와 그렇지 않은 아이. 정도의 차이가 있긴 했지만 그 누구도 다르지 않았다. 그러곤 모두 은지같이 '열'로 분류한 애들을 하찮게 여겼다. 그러면서 계속 그렇게 살다가는 인생 망칠 거라고 장래를 속단했다.

은지는 그게 너무나 불합리하다고 여겼다. 하지만 그걸 바로잡을 만한 힘이 없었다. 할 수 없이 불만 같은 건 접어 두기로 했다.

그런데 그 결심이 얼마 전에 무너졌다. 꾹꾹 눌러 놓았던 반발심이 불쑥 고개를 내밀었다.

# 02

그 사건은 고등학교 2학년이 되고 얼마 지나지 않아 일어났다.

그날 은지는 아침부터 속이 안 좋았다. 수업 시간, 갑자기 참을 수 없이 배가 아팠다. 화장실에 들어가자마자 은지의 인상이 찌푸려졌다. 담배 냄새가 화장실을 가득 채우고 있었다.

다른 층 화장실로 갈까 했지만 그럴 여유가 없었다. 할 수 없이 숨을 참고 일을 보고 나왔을 때였다.

"너, 이리 와 봐."

생활지도부 선생님이었다.

"네?"

서둘러 교실로 가려던 은지는 당황해서 선생님을 향해 걸어갔다. 선생님이 은지의 몸쪽으로 코를 들이댔다. 은지는 갑작스러워 흠칫 놀랐다.

"왜 이렇게 놀라?"

"아니, 그게 아니라……."

혹시라도 선생님이 기분 나빠할까 봐 말을 아꼈다.

"너 담배 피웠지?"

말이 안 되는 상황에 어이가 없어 실소가 흘러나왔다.

"아니요."

선생님 얼굴이 순간 싸늘하게 식었다.

"웃어? 내 말이 우스워?"

선생님이 매서운 눈길로 은지의 옷차림을 위아래로 쭉 훑었다. 기분이 나빴지만 은지는 꾹 참았다.

"너 이러고 다니면 남자애들이 좋아할 것 같아?"

선생님은 은지의 짧은 치마에 뾰족한 눈길을 꽂으며 말했다.

은지는 어릴 때부터 패션에 관심이 많았다. 지나가는 사람들의 옷이나 신발을 관찰했고 빈 종이만 보면 직접 디자인한 옷들을 그렸다.

그런 은지 눈에는 항아리 모양으로 부푼 교복 치마의 모양이 마음에 들지 않았다. 그래서 몸에 맞도록 품과 길이를 살짝 줄였다. 거기에 무릎 위까지 오는 오버 니 삭스를 신었을 뿐이었다. 다른 아이들도 비슷했지만 키가 큰 편이어서 그런지 유독 은지는 눈에 띄었다.

그런데 그게 남자에게 잘 보이기 위한 거라니. 뭐 이런 시대착오적인 생각을 할까, 모멸감이 느껴졌다. 대꾸도 하고 싶지 않았다.

선생님은 은지의 태도가 못마땅한 모양이었다. 더 닦달하며 목소리를 높였다.

"너희 엄마는 이러고 다녀도 가만두시니?"

그 막말에 은지는 가까스로 붙잡고 있던 이성의 끈이 끊어져 버렸다.

"엄마 없는데요."

선생님은 잠깐 흠칫하는 듯했지만 지지 않으려는 듯 일부러 더 엄한 목소리로 말했다.

"그래서 이렇게 티 내고 다니는 거야?"

그렇게 말하고는 피하듯 그 자리를 떠났다.

은지는 너무나 억울해 견딜 수 없었다. 한 번도 엄마가 없는 걸 결핍이라고 생각해 본 적이 없었다. 하지만 선생님에게는 엄마 부재 자체가 결핍을 가진 아이였다.

그날 저녁, 은지는 억울한 마음을 아빠에게 털어놓았다. 제 편을 들어 줄 거라는 생각과는 달리 아빠는 은지를 향해 소리를 버럭 질렀다.

"대체 어떻게 하고 다녔길래 그래?"

"뭐?"

"선생님이 그냥 그런 말을 하겠냐고? 네가 그럴 만하니까 그러셨겠지."

"뭐가 그럴 만한 건데?"

은지는 잘 알지도 못하면서 선생님 편에 선 아빠가 미웠다. 세상에 제 편이 아무도 없는 것만 같았다.

그날부터 아빠는 은지를 두고 세세한 것까지 간섭했다. 옷차림이나 화장한 얼굴을 지적하며 잔소리를 했다.

"대체 왜 이러는 건데? 다들 이 정도는 하고 다닌단 말이야."

은지가 듣지 않자 종국에는 살살 달래는 방법을 썼다.

"제발 은지야, 엄마 생각해서라도 이러면 안 돼."

"내가 뭘? 내가 뭘 어쩐다는 건데?"

은지가 바락바락 소리를 지르자 아빠가 절망이 가득 담긴 얼굴로 중얼거렸다.

"너 정말 엄마가 없어서 이러는 거야?"

그 말을 들었을 때 은지의 몸이 바르르 떨렸다. 은지는 매서운 눈으로 아빠를 노려보며 말했다.

"맞아. 엄마가 없어서 이러는 거야. 엄마 없는 애가 어떻겠어?"

순간 은지는 눈앞이 번쩍했다. 아빠는 손을 올린 채로 어쩔 줄 몰라 하며 은지를 보았다.

"으, 은지야!"

아빠가 당황한 얼굴로 은지 얼굴에 손을 대려고 했다. 은지는 화들짝 놀라 반사적으로 몸을 뒤로 뺐다. 아빠가 급히 다시 은지 손을 잡았고 은지는 그 손을 냉정하게 뿌리치고 밖으로 뛰쳐나왔다. 숨이 차오르도록 달리면서 은지는 결심했다. 엄마가 없어서 결핍 때문에 문제가 있는 아이, 그런 아이가 되어 주기로.

**03**

은지가 처음 어부바 앱을 이용한 건 바로 그날이었다. 은지가 고등학생이 되면서 처음 생겨난 앱이었다. 고등학생들만 이용할 수 있는 앱이라고 해서 별생각 없이 가입했다.

그날 집을 뛰쳐나온 은지는 동네 한쪽에 있는 공원으로 들어갔다. 공원에는 아무도 없었다. 은지는 공원 구석 쪽에 자리한 놀이터로 들어가 벤치에 앉았다. 초등학생들도 모두 학교에 갈 시간이라 그런지 놀이터는 한가했다. 유치원생으로 보이는 아이 한 명만이 조용히 그네를 타고 있었다.

"이제 좀 가자. 유치원 늦어."

놀이터 입구에서 노란 가방을 든 할머니가 아이를 향해 소리쳤다.

"유치원 가기 싫단 말이야."

아이의 말에 할머니는 지친 얼굴이 되었다.

"또 그러네. 친구들은 다 유치원 가는데 혼자 안 가면 안 되지."

할머니는 아이를 탓하는 말을 하면서도 시선은 은지를 향하고 있었다. 주변시로 그걸 느낀 은지는 애써 모른 척, 아무렇지 않은 척했다.

아이와 할머니가 떠나고 난 뒤 은지는 휴대폰을 꺼냈다. 연락처를 뒤졌지만 딱히 연락할 사람도 없었다. 이런저런 앱들을 열어 보다 우연히 어부바 앱을 열었을 때였다.

띠링! 그때 바로 임무 게시판에 새 글이 올라왔다. 은지는 아무 생각 없이 글을 클릭했다.

> 오늘 하루 학교 째고 같이 놀 친구 구함.
> 지금 바로 홍대역으로 고고.
> 4번 출구 앞 대박 버거 앞에서 9시까지 기다리겠음.

은지의 손가락이 망설임 없이 그대로 찜을 클릭했다. 바로 작성자의 허가가 떨어졌다. 포대기로 은지가 선택된 거다.

은지는 그대로 일어나 지하철역으로 뛰었다.

역에 도착해서 시계를 보니 9시가 훌쩍 넘어 있었다. 대박 버거는 출구 바로 앞에 있었다. 가게 앞을 서성였지만 누군가를 기다리는 것으로 보이는 사람은 보이지 않았다. 시간이 지났으니 어쩌면 당연할 터였다.

실망도 잠시 빵과 고기 냄새를 맡은 순간 은지의 배가 아우성을 쳤다. 그러고 보니 전날 저녁부터 아무것도 먹지 않았다. 이왕 온 거 끼니나 해결하고 가야겠다는 생각이 들었다.

은지는 대박 버거 가게 안으로 들어갔다. 키오스크에서 주문을 하고 빈자리를 찾는데 한 사람이 눈에 띄었다. 애쉬브라운으로 염색한 짧은 숏컷 머리에 오버핏의 재킷을 무심하게 걸친 패션이 눈에 띄었다.

은지의 눈길이 한참을 그 아이에게 머물렀다. 넋을 잃고 쳐다보다 그 아이가 고개를 드는 바람에 문득 눈을 마주쳤다. 은지는 바로 딴청을 피우며 눈을 피했다.

조금 떨어진 곳에 자리를 잡고 앉자마자 마침 진동벨이 부르르 떨었다.

음식을 받아 자리로 돌아온 은지가 흠칫 놀랐다. 숏컷이 어느새 제가 앉았던 자리로 와 맞은편에 앉아 있었다.

은지가 어쩔 줄 몰라 쭈뼛거리는데 숏컷이 물었다.

“혹시 어부바?”

은지는 깜짝 놀라 고개를 끄덕이며 동시에 대답했다.

“네.”

그 아이는 이러지도 저러지도 못하고 어정쩡 서 있는 은지를 향해 앉으라는 듯 고갯짓했다.

눈치를 보며 버거를 한 입 베어 문 은지가 물었다.

“그런데 어떻게 아셨어요?”

감자튀김을 흡입하듯 입안으로 밀어 넣던 숏컷이 눈을 들었다.

“뭐? 네가 포대기라는 걸?”

“네.”

“주변을 봐 봐.”

은지는 주변을 둘러봤다.

“고등학생이다 싶은 아이는 너뿐이잖아.”

은지는 피식 웃음 지었다.

“그리고! 말은 편하게 하자. 같은 고딩끼리 ‘네’는 무슨.”

은지는 패션만큼이나 쿨한 그 아이의 성격이 좋았다. 이것저것 따지지도 않고 신경 쓰지 않는 듯한 무심한 표정과 함께. 그때 그 숏컷이 바로 다윤이었다.

**04**

다윤은 은지랑 똑같이 2학년이라고 했다. 다윤은 은지가 만난 다른 아이들과는 달랐다. 찰랑거리는 긴 생머리를 고집하는 대부분의 애들과 다른, 짧은 머리만큼이나.

그날, 은지는 다윤과 함께 홍대 주변을 누볐다. 다윤은 능숙하게 은지를 이끌었다. 작은 액세서리를 파는 가게에 들러 구경하고 무료 전시를 하는 미술관에 들어가 작품을 감상했다. 공원에서 버스킹을 하는 공연팀 뒤에서 춤을 추기도 했다.

집으로 돌아가려고 지하철역으로 갈 때였다. 은지의 눈에 한 가게가 눈에 띄었다. 피어싱 가게였다.

은지는 그 앞을 떠날 수 없었다. 고등학생이라는 신분은 늘 간섭과 제재를 몸에 족쇄처럼 차고 있는 존재였다. 아무것도 마음대로 할 수 없고 보호자의 관리 아래서 행동해야 했다. 은지는 제 몸, 그중에 귀 정도는 제 맘대로 할 수 있다는 걸 증명하고 싶었다.

이번에는 은지가 다윤을 잡아끌었다.

"우리 저기 한번 가 보자."

가게로 들어가자마자 은지가 선전포고하듯 말했다.

"저 귀를 뚫고 싶은데요."

그날 은지와 다윤은 오른쪽 귓불에 같은 장식물을 달았다.

신기했다. 귀에 구멍을 하나 뚫었을 뿐인데 가슴이 뻥 뚫리는 기분이 들었다.

해가 기울어질 즈음, 어쩌다 보니 둘은 함께 은지네 집 근처까지 왔다. 은지는 집 바로 앞에 있는 편의점에서 주스 두 병을 사서 나왔다. 둘은 편의점 앞 플라스틱 탁자 앞에 앉았다.

다윤이 주스를 따서 한 모금 마시더니 물었다.

"너 처음이지?"

"응?"

"학교 안 가고 이러고 다니는 거."

은지는 고개를 끄덕이며 인사했다.

"오늘 너무 고마워."

"왜 네가 고마워? 내가 도움을 구했고 네가 응해 준 건데."

"네 덕분에 진짜 힐링한 기분이야."

은지는 오늘 하루 내내 웃은 자신을 돌이키며 말했다. 이렇게 편하게 지낸 게 얼마 만인지 알 수 없었다.

픽 웃음을 터뜨리는 다윤을 향해 은지가 다시 조심스럽게 말을 꺼냈다.

"그런데 나 하나만 물어봐도 돼?"

"내가 안 된다고 하면 안 물어볼 거야? 그냥 물어, 뭐든."

"왜 어부바 앱에 그런 글을 올린 거야?"

다윤이 그게 무슨 뜻인지를 묻는 듯 은지를 보며 눈을 크게 떴다.

"넌 친구도 많을 것 같은데……."

"내가? 나 친구 없는데."

은지는 괜한 말을 꺼낸 것 같아 바로 입을 다물었다. 다윤이 괜찮다는 뜻으로 계속 말을 이었다.

"난 어릴 때부터 미용 쪽에 관심이 많았어. 미용이랑 대학과는 상관없다고 생각해서 특성화고로 가려고 했지. 그런데 엄마는 죽어도 대학은 가야 한다잖아. 엄마가 대학을 안 나와서 나를 통해 보상받고 싶었던 건지. 아무튼 엄마 강요에 져서 인문계 고등학교로 들어갔어. 일단 들어갔으니까 열심히 해 보려고 했지. 하지만 역시나 중학교 때 안 하던 공부가 갑자기 고등학교 간다고 잘되는 건 아니더라고. 성적은 바닥을 깔아 주고 공부할 이유는 모르겠고. 그래도 친구 때문에 견디고 살았거든. 1학년 때부터 절친 셋이 있었어. 그런데 학년이 올라갈수록 그 친구들이 멀어지더라. 공부에 도움이 안 된다고 생각해서인지."

은지는 고개를 돌려 물끄러미 다윤을 보았다. 다윤은 무표정한 얼굴로 남은 주스를 꿀떡꿀떡 마시고는 말을 이었다.

"3학년 땐 취업반에서 위탁 교육을 받고 바로 취업하겠다고 엄마한테 말했더니 엄마는 그때부터 나를 쳐다보지도 않아. 나를 포기하겠다고, 마음대로 살아 보래. 훗! 대학 안 가면 친구도 잃고 엄마도 잃어야 하는 건가 봐. 훗!"

다윤은 자꾸만 허탈한 웃음을 터뜨렸다.

"엄마가 나 투명 인간 취급하는 거? 뭐 그것도 시간이 지나서 면역이 됐는지 아무렇지 않은데 아주 가끔 미친 듯이 외로울 때가 있더라. 바로 오늘 같은 날. 나는 그렇다 치고, 너는?"

은지가 무슨 말이냐는 듯 눈을 동그랗게 떴다.

"너는 무슨 사연이냐고."

은지는 천천히 그동안의 일을 이야기했다. 이야기를 다 들은 다윤이 물었다.

"그러니까 아빠한테 섭섭한 마음 때문에 이렇게 방황하고 있다는 거야?"

다윤이 은지 앞에 놓여 있던 빈 병까지 챙겨 들고는 자리에서 일어섰다. 쓰레기통에 병을 버리고 나오며 은지를 향해 짐짓 진지한 얼굴로 말했다.

"또 그런 마음이 들 땐 나를 불러. 언제든 달려갈게."

그렇게 헤어진 다윤은 그 뒤로 연락이 되지 않았다. 은지는 인스타 앱을 열어 다윤에게 디엠을 보냈다.

잘 지내고 있는 거지?

다윤은 여전히 답이 없었다. 다시 메시지를 작성하던 은지는 글을 지워 버리고는 인스타 앱을 닫아 버렸다.

잠시 멍하니 허공을 보던 은지가 이번에는 어부바 앱을 열었다. 임무란 게시판에 새 글을 올렸다. 다윤이 그랬던 것처럼.

---

오늘 하루 같이 놀 친구 구함.

홍대역 2번 출구 앞 룩앳미 피어싱 가게 앞(조폭 떡볶이 옆집)에서

10시까지 기다리겠음.

밥과 음료 정도는 제공 용의 있음.

교복에 단발머리.

---

글이 올라간 걸 확인하고는 앱을 닫는데 바로 앱에서 알림
음이 울렸다.

'뭐지?'

앱으로 들어간 은지는 깜짝 놀랐다. 방금 제가 올린 글이
읽기 제한에 걸려 있었다. 그리고 제 아이디에 '임시 활동 정
지' 딱지가 붙어 있었다. 바로 '내 계정'으로 들어가 보니 경고
메시지가 와 있었다.

'적절치 않은 단어를 사용하셨습니다. -피어싱, 조폭'이라
는 글이었다. 보아하니 AI에 의해 자동적으로 걸린 모양이었
다.

"허!"

은지의 입에서 탄식이 흘러나왔다. '피어싱'과 '조폭'이라
는 단어가 어떤 의미로 사용되었는지는 고려하지 않고 무조
건 걸러 내 버린 거다. 눈에 띄는 한 가지 요소만 보고 한 사람
을 판단해 버리는 어른들처럼.

막 앱을 닫는데 누군가로부터 디엠이 왔다. 한 인터넷 카
페 주소가 적혀 있었고 초대한다는 글이 적혀 있었다.

은지는 바로 카페로 들어갔다. 카페 이름은 '비하인드 어
부바 - 비어 카페'였다. 어부바 앱에서 활동 정지를 당한 아이
들이 들어와 활동하는 카페인 모양이었다. 카페에 가입해서

둘러보는데 기분이 조금 묘했다. 인터넷 세상에도 이렇게 중심에서 떨어져 나간 이들이 사는 사이드 세상이 존재하는구나, 하는 생각이 들어서.

'그래! 나랑 딱 어울리는 세상이지.'

비어 카페가 어부바 앱과 다른 점은 좀 더 포괄적이고 포용적이라는 점이었다. 어부바 앱이 1:1로 도움을 청하고 도움을 받는 체계라면 비어 카페는 그 외에도 고민을 나누기도 하고, 정보를 주고받기도 하며 소통하고 있었다. 은지는 조금 전에 달았던 내용의 글을 '도움 공유 게시판'에 올렸다.

바로 누군가가 댓글을 달았다.

'저랑 놀아요. 20분 안에 갈 수 있습니다.'

은지는 코스모스라는 활동명을 보고는 바로 수락 버튼을 눌렀다.

기다리는 동안 맞은편에 있는 편의점에 들어가 우유와 빵 하나를 사 왔다. 편의점 앞 간이 의자에 앉아 쪼르륵 우유를 바닥까지 처리하고 있을 때였다. 뒤에서 그림자가 드리우는가 싶더니 누군가 은지의 어깨를 툭툭 건드렸다.

뒤를 돌아본 은지는 깜짝 놀랐다. 고개를 뒤로 한껏 젖혀야 할 만큼 큰 키에 우람한 덩치의 남자아이가 은지를 내려다보고 있었다.

무슨 일이냐는 듯 묻는 얼굴을 한 은지에게 남자애가 휴대폰 화면을 톡톡 두드렸다. 비어 카페에 자신이 올린 글이었다.

은지는 놀란 얼굴로 벌떡 일어났다.

'아니 어떻게?'

은지는 바로 깨달았다. 임무 글에 성별을 따로 적지 않은 거다. 그래도 분명 상대가 여자인 줄 알았다.

'내가 착각했나?'

은지는 카페 앱을 열어 찜한 활동명을 다시 찾아봤다. '코스모스'가 맞았다. 가을바람에 하늘하늘 흔들리는 코스모스와는 대척점에 있을 몸집을 가진 아이가 쓰기에는 어울리지 않아 보였다.

"코스모스?"

'코스모스'가 진짜 네가 맞아, 라는 뜻을 담아 물었다.

코스모스가 고개를 끄덕였다. 은지는 제 앞에 자리를 잡고 앉는 코스모스의 모습에 기가 탁 막혔다.

대화를 나누다 보니 코스모스는 덩치에 맞지 않게 다정하고 편했다.

"그런데 너는 왜 닉네임이 '코스모스'야?"

코스모스는 잠시 고민한 뒤 말했다.

"내 이름이 우주거든. 한우주."

은지는 뒤통수를 맞은 것 같았다. 어떻게 코스모스가 꽃이 아닌 우주를 뜻할 수도 있다는 생각을 하지 못했을까?

시간을 보내고 우주가 은지를 집까지 바래다준다고 해서 함께 동네로 왔다.

"언제든 또 불러. 당장 달려올게."

우주의 말에 은지가 웃었다. 다윤이 한 말과 똑같았으니까.

문제는 은지 집 근처 놀이터에서 생겼다. 벤치에 앉아 우주를 물끄러미 보던 은지는 흠칫 놀랐다. 점퍼 소맷단 끝으로 슬쩍슬쩍 삐져나오는 손목에서 문신을 발견했기 때문이다. 손목뼈를 빙 두르며 마치 팔찌를 한듯 알 수 없는 글자가 검고 진하게 새겨져 있었다.

물끄러미 바라보는 은지의 눈길을 느꼈는지 우주가 슬며시 소맷단을 늘여 손목을 가렸다. 그때부터 우주가 예사로이 보이지 않았다. 하나하나 의심이 들기도 했다. 은지는 문득 이런 궁금증이 생겼다.

'그래. 나야 착각이라고 쳐. 쟤는 아니잖아. 단발머리라고 적었으면 여자애라는 걸 짐작할 수 있는 거 아니야?'

그건 혹시라도 딴생각을 먹고 왔을 수도 있겠다는 생각으로 이어졌다. 은지는 긴장된 마음을 애써 표정에서 지우며 무심한 듯 물었다.

"넌 왜 비어 카페 가입했어?"

우주는 바로 대답하지 않았다. 은지가 다시 말을 이었다.

"와, 어부바 앱은 과도하게 철저하더라. 글쎄, 피어싱이랑 조폭이라는 글자 적었다가 바로 정지당했잖아……."

한참 떠들던 은지가 슬쩍 물었다.

"넌 왜 정지당한 건데?"

우주의 눈빛이 흔들리더니 표정이 싸늘하게 식었다.

"나도 비슷하지 뭐."

미심쩍어진 은지가 더 캐물었다.

"오늘 학교는 왜 안 갔어?"

떠보듯 묻는 은지를 우주가 물끄러미 바라봤다. 우주가 말을 돌리듯 자리를 일어났다.

"나 잠깐 화장실 다녀올게."

은지는 얼른 비어 카페로 들어가 코스모스라는 닉네임을 검색해 봤다. 아무런 정보가 뜨지 않았다. 엄격하게 관리하는 어부바 앱과는 달리 관리가 영 느슨했다.

'뭐야? 이러면 뭐 하나 믿을 수가 없잖아.'

'우주'라는 이름이 진짜 이름인지도 믿을 수 없었다.

코스모스가 돌아오더니 목이 마르다고 했다. 바로 앞에 보이는 편의점으로 들어갔다. 컵라면과 주스를 계산대에 놓고는 카드를 꺼냈다.

"이건 내가 계산할게."

계산을 하는 동안 주인아주머니가 은지와 코스모스의 모습을 계속 흘끗거렸다. 코스모스가 먼저 나가고 은지가 막 편의점을 나설 때였다. 뒤에서 주인아주머니가 은지를 조용히 불렀다.

"학생! 친구 잘 사귀어야 해."


## 06


은지는 그날 서둘러 코스모스와 헤어졌다. 코스모스는 그날 뒤로 계속해서 은지에게 디엠으로 말을 걸었다. 얼결에 인스타 계정을 알려 준 게 결정적 실수였다.

계속 연락을 무시하고 피했지만 은지는 두려웠다. 언제 은지네 집을 알아내 찾아올지 모른다는 생각이 들었다.

은지가 답장을 보냈다.

이렇게 자꾸 연락하면 어떡해?

난 그저 하루 친구를 구했을 뿐이야.


바로 답장이 이어졌다.


하루 친구가 이틀 친구 하면 안 되는 거야?


"난 싫다고!"


은지의 입에서 실제 목소리가 튀어나왔다. 같은 말을 메시지로 작성해서 느낌표까지 세 개 더해 보냈지만 코스모스는 꿈쩍도 하지 않았다.


우리 친구잖아.


은지는 바로 공포에 휩싸였다. 얼마 전 떠들썩했던 뉴스가 머릿속에 떠올랐다. 앱을 통해 하루 만났을 뿐인 사이였는데 남자 쪽에서 혼자 착각하고는 스킨십을 시도했다가 거절당하자 여자를 해친 사건이었다.

은지는 결심했다. 어떻게든 빨리 선을 그어야겠다고. 그래서 최대한 침착하고 냉정하게 문자를 보냈다.

> 그날 내가 찾은 건 정말 하루 놀아 줄 친구일 뿐이었어. 난 너랑 더 만날 생각은 전혀 없다고. 그러니까 제발 좀 나한테서 떨어져 줄래?

이번에는 좀 충격이었는지 대답이 없었다. 은지는 마지막 한 문장으로 쐐기를 박았다.

> 나 남자 친구 있어. 만약 그 친구가 너를 보면 오해할지도 몰라. 그러니까 이제 연락하거나 찾아올 생각 마. 그 애가 너 안 보면 좋겠거든.

> 혹시라도 나를 떨어뜨리려고 이러는 거라면…….

> 아니. 정말이야. 확인하고 싶으면 내일 〇〇동 〇〇 아파트 앞에서 5시에 만나 데이트하기로 했으니까 확인해 보든가.

일부러 집에서 멀리 떨어진 아파트 이름을 적었다. 메시지를 보낸 은지는 비어 카페로 들어가서 고민했다. 남자 친구를 구해야 했다. 하루만 남자 친구 역할을 해 줄 사람을.

하지만 게시판에 올렸다가는 코스모스도 볼 수 있다. 잠시 고민하던 은지는 혹시나 하고 어부바 앱으로 들어갔다. 여전히 활동 정지가 풀리지 않아 글을 쓸 수 없었다.

어떡하나 고민하는데 팝업창이 떴다. 방금 활동 정지를 받은 닉네임이 적혀 있었다. 은지는 창을 닫으려다 문득 깨달았다. 닉네임에 대한 정보를 검색해 봤다. 다른 정보는 볼 수 없었지만 업력과 성별이 나왔다. 확실히 남자아이였고 업력이 꽤 높았다. 그건 제법 많은 일을 했고 그 말은 어쩌면 돈이 상당히 필요할 수도 있다는 말이었다.

은지는 바로 그 닉네임을 클릭해서 비어 카페로 초대한 뒤 1:1 대화를 보냈다.

> 허우대 멀쩡하고 스타일 괜찮은 사람 구합니다.
> 조건: 키 180 이상, 마르지도 뚱뚱하지도 않은 체격.

짐작대로 바로 관심을 보이며 답글을 보냈다.

은지가 약속 장소에서 전강우라는 아이를 본 순간 조금 놀랐다. 생각보다 외모가 멀끔했다.

코스모스에게 말한 시각에 맞춰 은지는 강우를 불렀다. 그러고는 아파트 주변을 계속 돌았다.

두 번째 돌 때 드디어 익숙한 형체가 얼핏 보였다. 그 모습을 보자마자 은지는 강우의 팔짱을 끼고 어깨에 고개를 기댔다.

코스모스의 표정이 바로 굳는 바람에 은지는 속으로 긴장했다. 바짝 경계했지만 다행히 코스모스는 은지의 말을 그대로 믿고 축 처져서 돌아섰다. 은지의 입에서 안도의 한숨이 흘러나왔다.

07

며칠이 지났다. 비어 카페에서 은지 앞으로 디엠이 하나와 있었다. 이름을 본 순간 은지의 눈이 커졌다. 코스모스였다. 그날 뒤로 연락도 없었고 모습도 보지 못한 상태였다. 은지는 그대로 지워 버릴까 하다가 메시지를 열어 보았다.

긴 글이 적혀 있었다.

난 어릴 때부터 학교가 정말 끔찍했어.
자리에 가만히 앉아 있는 게 힘들었어. 왜 정해진 시간 동안

한자리에 앉아 있어야 하는지 정말 모르겠더라고.

아이들은 그런 나를 외계인 취급했어.

정말 내가 외계인일 수도 있다고 생각했어.

난 학교를 그만뒀어.

학교에 다니지 않으니까 사람들이 나를 이상하게 보더라.

어떤 문제를 일으킨 건 아닌가, 무슨 문제가 있는 아이인가.

그런 눈길을 볼 때마다

나는 내가 정말 이상한 아이가 된 것 같았어.

화나고 속상하고 답답했어.

그런 감정이 들 때마다 난 손목에 상처를 냈어.

웃긴 게 그 상처 때문에,

또 그 상처를 가리려고 한 문신 때문에,

사람들이 나를 또 비딱한 시선으로 보더라.

점점 수렁에 빠지는 기분이었어.


너를 곤란하게 할 생각은 없었어.

난 그저 처음 너를 봤을 때 왠지 통할 것 같다는 느낌이 들었어.

서로를 이해하는 친구가 되지 않을까, 하는.

이 말도 기분 나쁠 수도 있겠다.

미안해. 다시는 네 앞에 나타나지 않을게.

아 참, 네가 말한 어부바 앱 말인데.

그 앱에는 난 가입할 수가 없었어.

글을 모두 읽은 은지는 잠시 그대로 멈춰 있었다.

다윤과 만난 그날 밤, 은지는 편의점 앞에서 다윤과 막 헤어지려는 순간 아빠를 마주쳤다. 아빠는 못마땅한 얼굴로 다윤을 위아래로 훑었다. 못마땅한 마음을 시선에 고스란히 담아서.

집으로 들어가자마자 엄한 목소리로 말했다.

"왜 그런 아이랑 돌아다니는 거냐?"

은지는 아빠가 혐오스러웠다. 아빠의 모습은 바로 저를 비난하는 눈길로 보던 지도 선생님의 모습이었다.

"왜 겉모습만 보고 판단하는 건데? 대체 뭘 안다고?"

고래고래 소리를 질렀다. 그런데…… 은지는 그토록 증오하던 실수를 똑같이 저지른 제가 어이없어 실소가 흘러나왔다.

다음 날 아침, 은지는 서둘러 학교에 갈 준비를 마치고 방을 나갔다. 아빠가 식탁에 밥을 차리고 있었다. 은지는 가만히 식탁 앞에 앉았다. 아빠는 흠칫 놀란 것 같았지만 바로 아무렇지 않은 얼굴로 밥을 퍼서 은지 앞에 놓았다.

밥을 한입 떠먹고는 은지가 내뱉듯 툭 말을 던졌다.

"먼저 귀를 뚫자고 한 건 다윤이가 아니라 나였어."

아빠가 가만히 은지를 보았다.

"그렇게 하지 않으면 숨통이 막힐 것 같았거든. 살고 싶어서 그런 거였어. 그런데 아빠가 다윤이에 대해 함부로 말해서 너무 화가 났어."

아빠가 살짝 고개를 끄덕이고는 무겁게 입을 열었다.

"그때…… 때려서 정말 미안하다. 계속 사과하고 싶었는데 오히려 그럴수록 자꾸 화를 내게 되더라. 약해 보이면 안 된다고 생각한 모양이야."

아빠는 괴로운 듯 차마 말을 맺지 못했다. 잠시 뜸을 들인 아빠가 목을 가다듬고는 다시 말을 이었다.

"솔직히 말하면 아빠도 대체 뭘 어떻게 해야 할지 모르겠더라고. 엄마 자리를 어떻게 채워야 할지 막막하기만 했어. 그래서 지나치게 더 너를 단속하고 다그친 것 같아. 아빠도 처음이라 실수투성이다. 그러니까 네가 좀 이해해 줘."

아빠가 주방 싱크대 서랍에서 뭔가를 꺼내더니 은지 앞에 내려놓았다.

"귀에 발라. 시간 내서 병원에 꼭 가서 치료하고. 덧나기 전에."

약 봉투에는 면봉과 함께 소독약과 연고가 들어 있었다.

은지가 봉투를 들고 방으로 들어갔다. 그때 바로 책상 위에 놓여 있던 휴대폰에서 디엠이 도착했다는 알림음이 울렸다. 앱을 열어 본 은지의 눈이 커졌다. 다윤이 보낸 거였다.



걱정과는 달리 다윤이 아빠 때문에 상처를 받아서 은지를 피한 것은 아닌 모양이었다. 다윤의 메시지는 계속 이어졌다.

껴지더라. 웃긴 게 뭔지 알아? 그 눈빛을 보고 알았어. 우리 엄마도 나를 그런 눈빛으로 보고 있다는 걸. 그 덕에 엄마랑도 화해했어. 내가 먼저 굽히고 들어가서인지 엄마도 이왕 시작한 거 잘해 보라고 하더라. 훗!

그리고 친구들이랑 오해도 풀었어. 친구들은 내가 먼저 자기들을 멀리했다는 거 있지. 가만 생각해 보니 그런 것 같기도. 내가 방해가 될 수 있겠다는 자격지심 때문에 말이지.

마지막으로 마은지! 더 이상은 다른 사람 때문에 너 자신을 상처 내지 마. 너만 아플 뿐이거든. 내가 해 봐서 잘 알아.

아 참, 나 사실은 너보다 한 살 언니거든? 그러니까 언니 말 잘 듣도록.

은지의 입에서 풋 웃음이 새어 나왔다.

은지가 책상 서랍을 열어 머리끈을 꺼냈다. 머리카락을 하나로 묶고는 땡땡 부은 귀에 박힌 장신구를 하나하나 빼냈다. 면봉에 소독약을 듬뿍 묻혀 구멍을 소독했다. 쓰라렸지만 잠시 뒤 알코올이 날아가면서 시원한 기분이 들었다. 연고를 덧바르고는 장신구들도 잘 소독해서 통에 넣었다.

가방을 메고 방을 나가니 아빠가 현관 앞에 서 있었다.

"학교 갔다 올게."

"그래, 늦겠다. 어서 가."

밖으로 나선 은지가 학교를 향해 달리기 시작했다. 불어오는 바람이 화끈거리는 귀를 차갑게 식혀 주었다.

5
안재휘
활동 닉네임 - 너와나의연결고리

## 01

재휘는 '어부바' 앱 관리자 모드에서 빠져나왔다. 컴퓨터 앞에 바짝 붙어 있던 의자를 뒤로 쭉 밀었다. 굳었던 목을 오른쪽 왼쪽 양옆으로 기울여 푼 다음, 양팔을 들어 쭈욱 기지개를 켰다.

루틴대로 몸을 풀고 난 후에야 옆에 놓인 휴대폰 화면을 보았다. 12시 00분, 딱 자정이었다. 낮 4시에 의자에 앉아 일을 시작했으니 여덟 시간 동안 꿈쩍도 안 한 거였다. 작업하는 중에는 배가 고픈 줄도 몰랐는데 그제야 배에서 꼬르륵 소리가 났다.

재휘는 휴대폰을 집어 익숙하게 배달 앱을 열었다. 앱을 열자마자 자주 선택했던 식당 리스트가 쭈르륵 떴다. 재휘는 잠시 고민한 뒤 가게 하나를 클릭해 메뉴를 골랐다. 몇 번의 손가락 터치만으로 결제가 이루어지면서 주문이 완성되었다. 발 한 걸음 떼지 않고 입 한 번 열지 않고 손가락 터치 딱 다섯 번만이었다. 이제 가게는 재휘가 주문한 음식을 만들기 시작할 거고 30분 내로 음식을 집 앞까지 가져다줄 거다.

바로 그 점이 재휘에게 매력으로 다가왔다. 앱의 편리성과 익명성.

재휘는 뜬 시간 동안 욕실로 가 몸을 씻고 볼일을 봤다. 욕실을 나오는데 딱 맞춰 현관에서 벨이 울렸다.

그대로 멈춰 잠시 뜸을 들인 뒤 현관문을 열었다. 얼마 전에 벨이 울리자마자 문을 열었다가 배달원이랑 마주치고 말았다. 재휘는 몸서리를 치며 급하게 문을 닫았다. 재휘는 사람들이 너무나 두렵다. 특히나 눈. 사람들과 눈이 마주치면 몸이 떨리기 시작하며 숨이 가빠 온다. 그 탓에 재휘는 3년이 넘도록 현관 밖으로 나가지 못했다.

그나마 배달원이 헬멧을 쓰고 있어서 눈을 보지 못한 게 다행이라면 다행이었다.

딸깍!

문을 열었다가 하마터면 뒤로 넘어갈 뻔했다. 문 앞에 누가 서 있었기 때문이다.

"헙!"

한참 동안 입을 닫고 있어서인지 비명조차 입안에서 머물렀다. 재휘는 그 사람이 누구인지를 깨닫고는 바로 가슴을 쓸어내렸다.

"휴!"

"또, 또! 내가 이런 음식 시켜 먹지 말라 그랬지? 밥통에 밥 해 놓고 나갔는데 왜 자꾸 이런 걸 시켜 먹고 그러냐? 냉장고에 밑반찬 다 있는데."

할머니의 잔소리가 이어졌다.

"이게 얼마나 맛있는데. 할머니는 알지도 못하면서."

"조금만 기다려라. 금방 찌개 끓여 줄 테니."

할머니가 서둘러 옷을 갈아입었다. 할머니는 밤 10시부터 새벽 5시까지 일을 한다. 상가 건물에서 청소하는 일. 그 일을 하면서 재휘의 뒷바라지를 한다.

"그런데 왜 벌써 왔어?"

원래대로라면 새벽 5시가 지나서 집에 와야 하는 할머니가 일찍 온 거다.

"몸이 좀 안 좋아서 그냥 왔어."

"몸이 안 좋다고?"

재휘의 목소리가 높아졌다.

"그렇게 호들갑 떨 건 아니고. 그냥 감기 기운이니까 걱정말어."

그러고 보니 할머니 안색이 좋지 않았다.

"아픈데 무슨 밥을 한다고 그래. 나 이거 먹으면 돼."

할머니가 식탁 위에 올려 둔 비닐봉지를 옆으로 치우며 말했다.

"고작 이런 빵 쪼가리가 무슨 밥이 된다고? 쓸데없는 소리 하지 말고 조금만 기다려."

쏴아아 싱크대로 물이 떨어지는 소리, 탁탁탁 칼질 소리, 달그락달그락 그릇이 부딪는 소리가 들리는가 싶더니 식탁 위로 뚝딱 상이 차려졌다. 순식간에 구수한 된장찌개 냄새가 집 안에 퍼져 나갔다.

"또 된장찌개야?"

재휘는 식탁 앞에 앉으며 불평했다.

툴툴거리긴 했지만 사실 재휘가 가장 좋아하는 건 된장찌개다. 할머니가 끓여 준 된장찌개. 할머니는 해마다 집에서 메주를 띄우고 그 메주로 된장을 담갔다.

재휘가 처음 그 모습을 봤을 때는 기겁을 했다. 여덟 살 때였다. 언젠가 학교에서 돌아와 보니 노란 콩이 가득 담긴 통 앞에 할머니가 앉아 있었다.

"이게 다 뭐야?"

할머니는 아픈 다리를 꿇고 앉아 잘 보이지도 않는 눈으로 한참이나 벌레 먹은 콩을 골라냈다. 정성 들여 콩을 씻고 불려 삶았고 그 콩을 빻았다. 그러고 나서는 찰흙처럼 주물러 네모난 벽돌 모양으로 만들었다.

"이게 뭐야?"

"메주. 이렇게 메주로 만들어 간장도 담그고 된장도 담그는 거지. 어떠냐?"

"윽, 냄새나고 못생겼어."

"그러냐? 그래도 이놈이 맛난 음식이 될 텐데."

할머니는 메주를 오랫동안 말렸다. 메주에서는 곰팡이가 피어올랐다.

"저거 버려. 썩었잖아."

"흐흐, 썩은 거 아니야. 그 곰팡이가 얼마나 착한 곰팡이인데. 우리 건강에 도움을 주는 곰팡이지."

"윽, 그런데 똥 냄새나."

"그게 왜 똥 냄새야. 구수한 사람 냄새지."

"친구들이 놀린단 말이야. 나 친구 없는 거 모두 할머니 때문이야."

재휘에게 친구가 없는 게 할머니 탓이 아니라는 걸 알면서도 재휘는 그렇게 심술을 부렸다. 할머니는 그런 재휘를 보며 주름 가득한 얼굴에 미소를 띠었다.

"친구들 데려와. 된장찌개 끓여 줄 테니. 아마 이 맛을 보면 놀리지 않을 거다."

"됐어. 친구들은 그런 음식 싫어해. 피자나 자장면 같은 거 좋아한다고."

그때는 정말 몰랐다. 할머니가 끓여 준 된장찌개를 재휘가 이렇게 좋아하게 될 줄은.

재휘는 찌개 국물 한 방울까지 남기지 않고 싹싹 비웠다. 배가 기분 좋게 든든했다. 그제야 할머니가 한술 제대로 뜨지도 못한 채 꾸벅꾸벅 졸고 있다는 걸 깨달았다.

"할머니!"

재휘가 조심스레 할머니를 불렀다.

"어? 다 먹었냐?"

할머니가 화들짝 놀라 깨며 식탁을 치우려고 했다.

"내가 치울 테니까 얼른 들어가 주무세요."

"그려, 그려. 우리 재휘 최고다."

할머니는 평소답지 않게 못 이기는 척 방으로 들어갔다.

## 02

삑삑!

밥을 먹고 깜빡 잠이 들었던 재휘가 경고음 소리에 눈을 떴다. 앱에서 울린 경고음이었다.

다른 건 모두 자동화시켜 알아서 운영되도록 설계해 놓았다. 경고음이 울렸다는 건, 규칙 위반으로 인한 불만이 올라왔다는 뜻이다. 재휘가 스프링처럼 벌떡 일어나 컴퓨터 앞에 앉았다.

재휘는 작년 열일곱 살이 되면서 '어부바' 앱을 만들었다. 재휘는 어릴 때부터 친구를 사귀는 게 힘들었다. 당연히 학교에도 적응하지 못했다. 결국 초등학교를 졸업하자마자 학교를 그만두고 할머니의 곁에만 머물렀다. 친구 없이 혼자 지내는 재휘에게 할머니는 중고 컴퓨터 한 대를 사 주었다.

"요새 애들은 다들 요것이 필요하다더라."

가사관리사 일을 하는 집 아들이 외국으로 유학을 가면서 넘겨받게 된 컴퓨터였다. 할머니는 그 아들이 얹어 주었다며 프로그램 책 서너 권도 함께 가지고 왔다. 비록 중고였지만 관리사 일을 하며 살아가는 할머니가 지불하기에는 큰돈이었을 거다.

컴퓨터는 재휘에게 유일한 친구였다. 사람과는 달리 금세 익숙해지고 친해졌다. 그 책들을 파고든 재휘는 빠른 속도로 컴퓨터를 능숙하게 다루게 되었다. 학원을 다니거나 따로 교육을 받지 않았지만 프로그램을 사용하고, 결국 프로그램을 직접 만들 수 있을 정도가 되었다.

그렇게 만든 앱이 바로 '어부바'였다. 고등학생들만 사용할 수 있는 앱이었다. 어부바 앱을 만들게 된 건 할머니의 영향이 컸다. 할머니를 처음 만났을 때의 기억으로 만들게 되었으니까. 할머니의 어부바가 재휘를 살렸던 것처럼 누군가 도움이 필요한 제 또래 아이들이 있으면 도움을 받았으면 해서 만든 앱이었다.

사실 마음만 먹으면 '어부바' 앱을 통해 돈을 많이 벌 수도 있을 거다. 임무를 올리고 받는 보수의 수수료를 더 많이 뗄 수도 있으니까. 또한 앱을 가입할 때 가입비를 받을 수도 있다.

앱을 통해 가장 먼저 알게 된 건 씀씀이가 큰 고등학생이 생각보다 많다는 거였다. 학원이나 과외 숙제를 대신 해 주거나 출석을 대신 해 주는 보수로 몇십만 원을 썼다. 할머니가 며칠을 일해야 받을 수 있는 돈이었다. 그런 큰돈을 간단한 일을 대신 해 주는 대가로 지불하는 것이었다. 그 정도의 가

치밖에 안 되는 돈이니 재휘가 중간에서 조금 더 가져도 되지 않을까 생각했다. 그럼 할머니가 일하지 않아도 될 것 같았다.

"할머니, 이제 일하지 마."

"왜?"

"내가 벌 수 있어."

"니가 무슨 돈을 벌어."

재휘는 할머니에게 알기 쉽게 설명을 했다. 중간에 일을 소개해 주는 대가로 돈을 버는 거라고.

"힘들게 몸을 쓰는 것도 아니고 가만히 앉아서 하면서 큰 돈을 받아서 쓰겠냐?"

할머니는 평소와는 달리 엄한 얼굴로 말했다. 열심히 일한 만큼 보수를 받아야 한다고. 절대 남의 돈을 함부로 넘보면 안 되는 거라고.

"그리고 나는 할 수 있을 때까지 계속 일할 거다. 그래야 힘이 난다. 내가 어딘가에 필요한 사람이라는 게 얼마나 행복하냐."

할머니 충고 덕분에 수수료는 최소한으로 잡았다. 아이러니하게도 그 점이 앱이 알려지고 활성화되는 데 도움이 되어 더 많은 돈을 벌 수 있었다.

앱을 시작하고 얼마 지나지 않았을 때 이런 일이 있었다. 임무 게시판에 자신의 책장을 옮기는 일을 도와 달라는 임무가 올라왔다. 그냥 단순한 일이라고 생각한 포대기가 그 일을 찜했다. 책장을 옮기고 정리하는 일까지 꼬박 3시간을 들였다고 했다. 하지만 임무 작성자는 책장에 있던 고가의 피규어가 없어졌다며 보수를 지급하지 않았다. 아니 보수는커녕 포대기가 피규어를 가져간 것 같다며 범인으로 몰았다.

포대기가 자신의 억울한 사정을 앱 게시판에 올려 댓글로 설왕설래가 이어졌다. 알고 보니 그 임무 작성자는 이미 다른 사이트에서 그런 식으로 일을 시키고 입을 싹 닦은 전적이 있었다.

재휘는 화가 치밀어 올라 그 임무 작성자를 강제 탈퇴시켰다. 그 일과 비슷한 일이 떠올랐기 때문이다. 할머니가 가사 관리사 일을 할 때 겪은 일이었다. 언젠가 할머니가 축 처져 들어온 날이 있었다. 웬만해서는 재휘 앞에서 힘든 모습을 보이지 않는 할머니가 그런 모습을 보인 건 처음이었다.

그날 잠을 자러 들어간 할머니 방에서 한숨짓는 소리가 흘러나왔다. 할머니 방문을 열자 할머니 등이 눈에 들어왔다. 할머니 등은 언제나 재휘에게 든든한 기둥이었다. 든든한 기둥이 어느새 활처럼 굽어 있었다.

재휘가 할머니 등 가까이 다가가 누웠다. 할머니가 화들짝 놀라며 물었다.

"어? 왜 안 자고?"

"할머니, 무슨 일 있었어?"

할머니는 한숨짓고는 나직이 중얼거렸다.

"이 할미는 이 일을 하면서 늘 뿌듯했다. 내가 도움이 된다고 생각해서 보람찼어. 그런데 이제는 도움이 안 되는 것 같다."

"할머니는 내 도우미잖아."

재휘는 일부러 농담 투로 말했다.

"그려, 그려. 이제부터 우리 재휘 도우미 해야겠다."

나중에야 그때 어떤 일이 있었는지를 알게 되었다. 할머니가 일하는 집에서 고가의 액세서리가 없어졌는데 주인이 그걸 알고 나서는 할머니를 의심했다고 했다. 할머니는 일한 대가도 받지 못하고 중개해 주는 회사에서도 쫓겨났다. 불미스러운 일을 일으켰다는 이유에서였다. 나중에 액세서리를 찾았다며 그 집에서 다시 전화를 걸어 왔다. (사실 진짜로 액세서리가 없어졌던 건지도 알 수 없다.) 할머니의 청소와 음식 실력을 따라가는 사람이 없었던지 주인은 할머니가 다시 일해 주기를 바란 거다. 하지만 할머니는 신뢰가 무너졌다며 믿음이 없는 이상 더는 할 수 없다고 거절했다. 억울함이 밝혀지긴 했지만 할머니 가슴에는 그렇게 상처가 남았다. 상처는 할머니 등을 더 굽게 만들었다.

그때 재휘는 어부바 앱의 '사용 규칙 3조항'을 만들었다. 그리고 앱에 가입할 때 꼭 숙지하도록 했다.

1항은 일의 종류였다. 대상이 고등학생인 만큼 절대 법에 저촉되거나 교칙 규정에 위배되는 일은 올리지 못하도록 했다. (학원이나 과외 등의 사설 교육 기관은 예외로 했다.) 2항은 보수 문제였다. 제시한 보수는 수긍 가능해야 했다. 마지막 3항 역시 보수 문제였는데 보수는 임무를 올리는 즉시 마스터에게 바로 지급되어야 했다. 절대 어떤 핑계나 변명도 허용하지 않았다. 이 규칙들은 가입자들이 다 같이 검열했다. 만약 조금이라도 문제가 있다는 불만이 나오면 그 건을 공개 재판에 올렸다. 그러니까 서로가 서로를 감시하는 체계였다.

**03**

할머니가 다시 시작한 일은 건물을 청소하는 일이었다. 작업 시간이 새벽 시간이어서 밤에 나갔다 날이 새고 나서야 들

어왔다. 할머니의 루틴에 따라 재휘의 일상도 다른 사람들과
는 반대로 돌아갔다.

할머니가 방으로 들어가고 시간이 흘러 저녁이 되었다. 재
휘는 왜인지 모르게 불안한 기분을 느꼈다. 평소라면 몇 시간
자고 일어나 집 안을 바쁘게 돌아다니며 음식을 만들고 청소
를 하던 할머니가 계속 자리에 누워 꿈적하지 않았기 때문이
다.

"할머니!"

문을 열자마자 할머니가 화들짝 놀라며 깼다. 할머니는 시
계를 보더니 주섬주섬 일어났다.

"왜?"

"일 가야지."

"오늘 쉬면 안 돼? 몸도 안 좋은 것 같은데."

"사람들과 약속한 건데 어길 수는 없지."

옷을 갈아입던 할머니가 잠깐 비틀거렸다.

"왜 그래?"

재휘가 단숨에 다가가 할머니 몸을 붙잡았다.

"아무것도 아니야. 너무 누워 있어서 잠깐 어지러웠어."

할머니는 재휘의 반대를 물리치고 결국 일을 나갔다. 휘청
휘청 집을 나서는 할머니 뒷모습을 보며 재휘는 걱정스러운

마음을 떨쳐 낼 수 없었다.

여느 때처럼 책상 앞에 앉아 있다 자정이 되어 막 몸을 일으켰을 때였다. 그와 동시에 재휘의 휴대폰이 부르르 떨며 책상을 흔들었다. 재휘의 몸이 그대로 굳어 버렸다.

재휘에게 전화를 걸 사람은 딱 한 사람, 할머니밖에 없었다. 하지만 할머니는 이 시간에 절대 전화를 할 리가 없다. 근무 시간에는 전화기를 들고 있지 않으니까. 보통은 일을 마친 뒤 뭐 먹고 싶은 게 없는지, 뭐 필요한 게 없는지 확인하기 위해 할 뿐이었다.

전화를 건 사람은 끊을 생각이 없어 보였다. 재휘가 몸을 떨며 천천히 책상 위로 눈길을 옮겼다. 휴대폰 화면에 '할머니'라는 글자가 찍혀 있었다. 살짝 마음이 놓였지만 그래도 마음 한구석 불안한 마음은 떨칠 수 없었다.

재휘는 전화 모양이 그려진 초록색 버튼을 꾹 누르고는 아무 말 없이 휴대폰을 귀에 가져다 댔다.

"여보세요."

상대 쪽에서 다급한 목소리가 들려왔다. 할머니 목소리가 아니었다. 젊은 여자 목소리였다.

"여보세요! 혹시 전화 받으신 분 휴대폰 주인과 어떤 관계세요?"

"네? ……가족인데요."

"아! 여기 병원인데요. 이 전화 주인 할머니께서 쓰러지셔서……."

상대방의 말은 그대로 귀에서 멀어지며 바로 재휘의 머릿속으로 일련의 일들이 떠올랐다. 재휘는 머리를 감싸 쥐며 그대로 주저앉았다.

12년 전 일이었다. 재휘는 엄마 아빠와 함께 손을 잡고 걸어가고 있었다. 왼손에 엄마 손, 오른손에 아빠 손을. 작은 재휘의 머리 위로 두런두런 엄마 아빠의 목소리가 왔다 갔다 했다. 재휘가 고개를 들어 쳐다보았을 때 엄마 아빠의 얼굴은 빛에 반사해 환하게 빛나고 있었다. 재휘는 그 순간 무척 행복하다고 느끼고 있었다.

하지만 행복도 잠시, 악! 하고 귀를 찢는 비명과 동시에 엄마가 푹 고꾸라졌다. 재휘의 눈앞으로 어두운 그림자가 휙 하고 지나갔고 이어 아빠가 쓰러졌다. 동시에 재휘의 몸이 바닥으로 내쳐졌다. 잠시 뒤 정신을 차렸을 때 재휘 앞에 눈동자들이 보였다. 깊고 검은 눈동자들.

'도와주세요.'

재휘는 속으로 외쳤지만 그 눈동자들은 그저 자신을 빤히 바라볼 뿐이었다. 재휘 가족의 사건은 세상을 떠들썩하게 만

들었다. 아무 이유 없이 두 사람을 죽인 잔혹 범죄, 일명 '묻지
마 살인'이라는 기사로.

그리고 다음으로 기억하는 장면은 재휘 자신이 어떤 방 안
에 있는 장면이다. 그 당시는 몰랐는데 나중에 그곳이 엄마
아빠 장례식장이었다는 걸 깨달았다. 다른 건 꿈처럼 몽롱한
데 딱 한 가지 분명하고 생생하게 기억나는 게 있다. 바로 사
람들의 검은 눈. 장례식장에 찾아온 재휘의 친척들은 모두 시
커먼 눈빛으로 재휘를 살폈다. 온통 검은색으로 가득 찬 그곳
은 재휘에게 지옥이었다.

그때 빨간색, 노란색 등 알록달록한 색 옷을 입은 누군가
가 재휘 앞으로 다가왔다.

"니가 재휘냐?"

재휘가 가만히 고개를 끄덕이자 할머니가 재휘를 가만히
안아 주었다. 그때 할머니에게서 구수하고 꿉꿉한 냄새가 났
다.

어린 재휘는 어색한 분위기와 장소 탓인지, 아니면 엄마
아빠를 한순간 잃은 탓인지 며칠 동안 잠을 제대로 자지 못했
다. 눈자위는 붉게 물들었고 시름시름 앓았다. 보다 못한 할
머니는 재휘에게 등을 내밀며 말했다.

"어부바해."

재휘는 어리둥절했다. '어부바'란 말이 무얼 말하는지 알 수 없었다. 처음 들어보는 말이었으니까.

"어린 게 잠도 못 자고."

재휘가 눈치껏 등을 향해 다가가자 할머니가 자신의 엉덩이를 받치며 끙, 힘겹게 일어섰다. 그렇게 할머니의 등에 업혔다. 그때 알았다. '어부바'란 게 참 든든하고 편안한 거란 걸. 지금 보면 좁고 약하기만 한 등이 왜 그렇게 크고 든든해 보였는지 모르겠다. 할머니의 등에 가만히 얼굴을 가져다 댔다. 코로 들어오는 할머니 냄새가 재휘의 마음을 편하게 가라앉혀 주었다.

어린 재휘의 눈에서 그제야 저도 모르게 눈물이 흘렀다. 재휘는 훌쩍이다가 이내 엉엉 울음을 터뜨렸다. 할머니는 재휘가 잠이 들 때까지 엉덩이를 토닥이며 얼러 주었다. 낮게 자장가를 읊조리던 목소리는 재휘가 안정을 찾을 때까지 밤마다 반복되었다.

재휘의 친척들은 장례가 끝나자마자 재휘를 보육원으로 보냈다. 그리고 재휘에게 남은 모든 재산을 앗아 갔다.

한 달가량 보육원에서 지내던 재휘 앞에 나타난 게 할머니다. 사실 할머니는 재휘의 친할머니나 외할머니가 아니다. 듣기로는 조금 먼 친척 관계라고 했다. 거의 남과 다를 바 없는. 그런 할머니가 아무것도 남지 않은 재휘를 거둬들였다. 재휘는 그렇게 할머니와 둘이 살기 시작했다.

그런 할머니가 쓰러졌다. 그때 할머니가 재휘를 구한 것처럼 이번에는 재휘가 할머니를 구해야 할 때였다. 정신을 가다듬고 문을 열었다. 한 발 내딛는데 밖에서 사람들 소리가 바람 소리와 함께 들려왔다. 그 순간 손과 다리에서 힘이 쭉 빠져나갔다. 가슴이 벌렁거리고 다리가 휘청하는 바람에 그 자리에 주저앉고 말았다. 숨이 제대로 쉬어지지 않았다. 당장 할머니 곁으로 가겠다는 마음과는 달리 몸은 말을 들어 주지 않았다.

"나 이제 어떡해야 해?"

유일한 친구인 컴퓨터는 말이 없었다. 그때 화면 속 '어부바'라는 글자가 눈에 들어왔다. 할머니가 처음 재휘를 어부바 해 줬던 때가 떠올랐다. 마치 컴퓨터가 어부바를 하라며 네모난 등을 들이미는 것만 같았다.

'아!'

할 수 있는 일이 딱 하나 생각났다.

재휘는 컴퓨터 앞으로 가 앉았다. 어부바 앱으로 들어가 관리자 모드를 빠져나왔다. 바로 '가입하기'를 눌렀다. 그때야 재휘는 자신이 한 실수를 깨달았다. 저 또한 학교 밖에 있으면서 그런 애들을 놓친 거다. 재휘는 먼저 가입 자격 조건에 고등학교를 인증해야 하는 절차를 없앴다. 그러고는 바로 어부바 앱에 가입했다.

회원 모드로 다시 들어가 임무 등록란에 임무를 적기 시작했다.

---

도와주세요.

할머니가 쓰러졌어요. 병원에 가야 하는데 도저히 갈 수가 없어요.

도와주세요.

---

엉겁결에 '등록'을 클릭하자마자 정신이 퍼뜩 들었다.

"아, 아니야. 못 해. 못 하겠어."

재휘는 후다닥 '취소'를 누르고는 그대로 무너져 내렸다.


## 04

띠릭!

휴대폰에서 울리는 낯선 알림음 소리에 재휘가 팔에 파묻고 있던 고개를 들었다. 휴대폰을 켜 보니 자신에게 디엠이 와 있었다.



찜을 한 아이는 제 실명을 밝히고 그 아래로 전화번호까지 적어 놓았다.

재휘는 일단 전화번호를 눌러 보았다. 그 어떤 도움이라도 절실하게 필요했다. 그게 비록 썩은 동아줄이라고 할지라도.

신호가 떨어지기 무섭게 누군가가 전화를 받았다. 마치 기다렸다는 듯.

재휘가 아무 말도 못 하고 있자 상대편이 먼저 말을 시작했다.

"할머니 연락처나 성함 알려 주시면 제가 가 보도록 하겠습니다."

"……."

재휘는 아무 말도 하지 못했다.

"혹시 보수 때문이라면 걱정하지 마세요. 제가 이 어부바 앱에서 도움을 많이 받아서 저도 도움을 드리고 싶습니다."

그 말에 재휘가 마음의 문에 달아 놓았던 자물쇠가 툭 열리고 말았다. 어부바라는 말에 할머니의 목소리가, 편안한 등이 떠올랐기 때문이다. 동시에 재휘의 눈에 눈물이 차올랐다. 병원에서 걸려 온 전화를 받고 내내 꾹꾹 참았던 눈물이었다. 재휘는 한바탕 눈물을 쏟았다.

재휘에게 사람들은 자신의 가족을 해하는 대상이었다. 살짝 희망이 생길 때도 있었다. 하지만 잘해 주던 사람들마저 마음을 채 열기도 전에 바로 돌아서 버리는 배신자였다. 엄마 아빠가 떠났을 때 친척들이 그러했다. 도와주는 척하다가 저에게 남겨진 돈을 챙긴 뒤에는 나 몰라라 버렸으니까. 딱 한 명 제외는 할머니뿐이었다.

어부바 앱을 운영하면서도 재휘는 선의의 도움 같은 건 세상에 없다고 여겼다. 도움을 주는 건 모두 돈 때문이라고만 생각했다. 애초에 도움을 주고받는 앱을 만들게 된 건 할머니 때문이었다. 할머니는 늘 말했다.

"나는 도우미 일이 좋다. 내 비록 돈을 받고 일을 하고는 있지만. 도우미 일을 할 때 내가 가장 사는 것 같아."

"그럼 나도 그래서 도와준 거야?"

"재휘야, 도움이라는 건 주는 것이 아니야. 그건 연결되는 거야."

"연결되는 게 뭐야?"

"이어지는 거. 우리 재휘랑 이 할미랑 이렇게 이어지는 거."

어쩌면 할머니는 이런 일이 생길 거라는 걸 알고 있었던 걸까?

포대기 역할을 해 준 아이의 덕으로 할머니는 무사히 병원에 입원했다. 포대기가 문자로 경과를 알렸다.

> 계단에서 구르셔서 좀 다치셨습니다. 지금 안정제 맞고 잠이 드셨습니다. 2주 정도는 병원에 계셔야 할 것 같습니다. 할머니께서 깨어나시면 전화하시겠지만 혹시라도 제가 또 필요하시면 언제든 연락 주세요.

재휘는 관리 모드로 들어가 포대기의 이력을 살폈다. 일을 가리지 않고 돈이 되는 일은 뭐든 한 것 같았다. 그렇다면 돈이 많은 아이는 아니라는 말이었다.

재휘는 포대기에게 문자를 남겼다.

감사합니다. 제가 경황이 없어 보수에 대한 이야기를 하지 못
했습니다. 병원비와 보수 보내 드리도록 하겠습니다.


재휘의 입에서 안도의 한숨이 흘러나왔다.


## 05


머칠을 그대로 멍하니 누워 있었다. 빛이 들어오는 바람에
깜박 들었던 잠에서 깨어났다. 재휘는 그대로 상체를 일으켜
주변을 둘러봤다. 집 안은 완전히 엉망이 되어 있었다. 봉지
와 플라스틱 쓰레기가 주변을 뒹굴고 싱크대에는 더러운 컵
과 그릇이 가득 차 있었다. 이대로 더 있다가는 자신마저 쓰
레기가 될 것 같은 기분이 들었다.

재휘는 일어나 컴퓨터를 켰다. 일주일 만이었다.

'어부바' 프로그램을 실행시키자마자 기다렸다는 듯 바로
게시판 글들이 쏟아지기 시작했다. 다른 기능은 모두 닫아 놓
고 '불편 신고 게시판'만 살려 두었었다.


— 뭐야? 어떻게 된 거야? 급한 일이 있어서 임무를 올리려고 했

는데.

― 갑자기 중단하면 어떡하냐!

― 빨리 다시 재실행해 줘요.

― 어부바 앱을 살려라.

― 내가 위기에 처했을 때 나를 살려 준 앱이다. 절대 없어져서는

안 된다.


갑자기 가슴이 찌르르 울렸다. 할머니가 없으면 자신은 아무런 가치가 없다고 생각했다. 살아갈 의미가 없다고 생각했다. 사람들과 어울린다는 건 한 번도 상상해 본 적이 없었다. 그런 자신이 사람들에게 이런 영향을 주고 있었다는 게, 도움을 주었다는 게 믿어지지 않았다. 바로 이게 할머니가 말한 이어진다는 걸까?

재휘는 그 아래 글들에 또 한 번 놀랐다. 임무를 맡기고 싶지만 임무 게시판이 없어지자 이 게시판에 도움을 구하는 글들을 올린 거다.


― 임무 게시판이 뜨지 않아서 여기에 적습니다. 오늘 줌 수업 대신 들어 줄 사람 구합니다. 화면에 얼굴 안 나와도 되니까 걱정하지 않아도 됩니다.

─같이 영화 봐 줄 사람 구해요.


─제가 학원 가 있는 시간 동안 동생 추추(말티즈, 3세) 봐 주실 분

　을 찾습니다.


믿을 수 없는 건 그 아래 달린 글들이었다.


─임무 게시판이 뜨지 않아서 여기에 적습니다. 오늘 줌 수업 대

　신 들어 줄 사람 구합니다. 화면에 얼굴 안 나와도 되니까 걱정

　하지 않아도 됩니다.

　└ 어차피 저에게 도움이 되는 수업일 것 같아 제가 대신 들어

　　드릴게요.


─같이 영화 봐 줄 사람 구해요.

　└ 저도 보고 싶었던 영화였는데 같이 봐요.


─제가 학원 가 있는 시간 동안 동생 추추(말티즈, 3세) 봐 주실 분

　을 찾습니다.

　└ 저 강아지 무척 좋아해서요. 제가 봐 드릴게요!

마땅히 대가를 지불할 방법이 없자 대가 없이 포대기를 자처하고 있는 것이었다.

한참을 멍하니 글을 읽고 있는데 게시판 글 하나가 새로 올라왔다. 글을 클릭한 재휘는 그대로 몇 번을 반복해 읽었다.

---

앱 마스터님!

안녕하세요?

혹시 무슨 일이 있어서 앱을 관리하지 못하시는 건가요?

만약 그렇더라도 저는 이 앱을 없애지 말았으면 좋겠어요.

이 앱을 경험하면서 깨달은 게 있거든요.

사실 저는 기발한 앱을 개발해 많은 돈을 벌겠다고 생각했었는데요.

누군가에게 도움을 주고 나서야

마스터 님께서 왜 이런 앱을 개발했는지 알게 되었습니다.

혹시 앱을 운영하기 힘든 사정이 있으시면 제가 돕고 싶습니다.

솔직히 말씀드리면 도우면서 일을 배우고 싶습니다.

그러니 언제든 연락 주십시오.

최근 몇 달 동안 앱 개발 관련해서 공부 정말 성실히 했습니다.

**○○ 고등학교 1학년 전강우**

---

재휘에게 이상하게 용기의 힘이 솟았다. 든든하게 누군가가 등을 내밀어 준 것 같았다.

용기를 내서 관리자 모드로 들어가 다시 활성화한다는 소식을 올렸다. 팝업창을 띄우자마자 반갑다고 응원한다는 말들이 올라왔다.

몸을 일으키는데 배에서 꼬르륵 소리가 났다. 그러고 보니 하루 동안 아무것도 위 속에 넣어 주지 않았다. 규칙적으로 음식을 받아 소화시키던 위는 왜 빨리 음식을 주지 않느냐며 아우성을 쳤다.

재휘는 휴대폰을 들어 배달 앱을 켰다. 평소에 늘 먹던 메뉴들을 뒤적였지만 그 어떤 것도 당기지 않았다.

잠시 생각하다가 된장찌개 식당을 찾았다. 별점이 가장 높고 후기가 많은 식당을 골랐다. 찌개를 주문하고는 다시 그대로 눈을 감았다.

30분도 채 되지 않아 벨이 울렸다. 잠깐 뜸을 들인 뒤 현관문 옆에 놓인 비닐봉지를 들고는 안으로 들어왔다. 식탁 위에 봉지를 놓은 뒤 묶인 매듭을 풀었다. 플라스틱에 담겨 있는 된장찌개를 플라스틱 숟가락으로 떠서 후룩 마셨다. 맛이 밍밍했다.

"할머니 말이 맞았어. 시켜 먹는 된장찌개는 맛이 없어."

오랜만에 잘 자고 일어났다. 재휘는 가만히 컴퓨터 앞으로 다가갔다. 앱을 열고 들어가서 어떤 임무들이 올라왔는지를 살폈다.

그중 하나의 글이 재휘의 눈길을 끌었다.

---

부기를 3일 동안 봐 줄 분을 구합니다.

가족 여행을 가는데 그동안 부기를 맡길 곳이 없어서요.

저희 집 근처에 사시는 분 환영합니다.

제가 직접 포대기님 집 앞까지 데려다주고 나중에도 데리러 가겠습니다.

영상과 저희 집 주소 첨부합니다.

---

재휘가 영상을 클릭해 보았다. 영상 속에서 부기를 찾는 건 쉽지 않았다. 그저 투명한 통 안에 흙이 깔려 있고 몇 개의 얼룩덜룩한 돌덩이가 있을 뿐이었다. 한참을 보던 재휘의 눈이 반짝 빛났다. 무언가가 꿈틀 움직였기 때문이다. 돌인 줄만 알았던 덩이 하나가 천천히 몸을 이동하고 있었다.

‘부기다!’

부기가 단단한 등딱지 안에 숨기고 있던 머리를 쑥 내밀었다. 부기는 통의 구석까지 가서는 벽을 타고 넘어갈 것처럼 기어올랐다. 기어오르다 떨어지다 기어오르다 떨어지다……. 그 모습에 재휘의 입꼬리가 저도 모르게 쓱 올라갔다.

다행히 임무 작성자가 사는 동네가 그리 멀지 않은 곳이었다. 다시 가입자 모드로 로그인을 하고는 바로 그 임무에 찜을 눌렀다. 포대기를 자처한 거였다. 재휘도 누군가에게 등을 내밀어 주고 싶었다. 아직 두렵지만 세상을 향한 한 발을 내딛어 보기로 했다.

작성자의 찜을 기다리며 재휘가 모니터에서 눈을 뗐다. 눈이 뻑뻑하고 등과 허리가 결렸다. 눈을 감고 손가락으로 눈두덩이를 꾹 눌렀다. 팔을 위로 끌어올려 쭉 기지개를 켜며 시계를 보았다. 앉은 지 정확히 여덟 시간이 흘렀다. 꼬르륵, 배에서 시계처럼 알림음을 울렸다.

재휘는 습관처럼 휴대폰의 배달 앱을 켰다. 한참 동안 고민하고는 하나씩 천천히 담아 주문했다. 주문을 마친 뒤 베란다 쪽으로 고개를 돌렸다. 할머니가 정성껏 담근 메주가 채워진 항아리가 듬직하게 자리 잡고 있었다.

재휘가 책상에서 몸을 일으켰다. 베란다 문은 오랫동안 열지 않아서인지 뻑뻑했다.

베란다에는 항아리가 키 순서대로 나란히 놓여 있었다. 기억대로 가운데 항아리의 뚜껑을 열어 보았다. 쿰쿰하고 구수한 된장 냄새가 재휘의 코로 들어왔다. 할머니 냄새였다. 재휘는 항아리 앞에 눈을 감고 한참을 앉아 있었다.

할머니가 쓰러지기 얼마 전이었다. 재휘는 할머니가 찌개를 끓이는 모습을 가만히 지켜보았다. 된장을 푸는 순간부터 졸졸 따라다니면서.

"오늘따라 왜 이렇게 관심을 갖는데?"

"그냥. 어떻게 끓이는지 궁금해서."

"왜? 내가 세상 떠나고 없을 때가 걱정되어서?"

"무슨 소리야? 그런 거 아니니까 쓸데없는 소리 하지 마."

할머니가 웃으며 말했다.

"살아 있는 한은 내가 끓여 줄 테니까 걱정하지 말어. 요놈은 내가 책임지고 해 줄 테니."

재휘가 눈을 뜨며 중얼거렸다.

'책임지고 끓여 주겠다더니.'

딩동!

벨이 울렸다. 배달이 도착한 모양이었다. 현관문을 열어 보니 커다란 상자가 놓여 있었다. 상자를 열자 안에는 양파, 호박, 두부 같은 재료들이 들어 있었다.

재휘가 가스레인지 앞으로 다가갔다. 할머니가 끓여 줬던 순서를 차근차근 떠올리며 된장을 풀고 채소를 다듬었다. 즉석밥 두 개를 뜯어 전자레인지에 돌렸다.

조금 뒤 집 안에는 구수한 된장찌개 냄새가 가득 찼다. 참 오랜만의 일이었다. 재휘는 된장찌개가 담긴 냄비를 식탁에 올려놓았다.

달칵!

그때 현관문이 열리며 익숙한 목소리가 들려왔다.

"재휘야, 할머니 왔다."

그리고 유주영
활동 닉네임 - 리스타트

## 01

이른 새벽, 간단한 짐을 싸 들고 집을 뛰쳐나온 주영은 무작정 버스 터미널로 향했다. 가장 빨리 출발하는 시외버스를 타고 무작정 떠났다. 어디든 상관없었다. 일단 집에서 멀리 떨어지고만 싶었으니까. 가족이 찾지 못할 곳으로.

주영이 도착한 곳은 남쪽 끝자락에 위치한 '임실리'라고 하는 소도시였다. 도착하자마자 먼저 쉴 곳을 찾았다. 작고 허름한 숙박 시설이었다. 그곳에서 주영은 거의 밖을 나오지도 않고 이틀 내내 잠만 잤다. 그동안 밀린 잠을 모두 보상받겠다는 듯.

3일째 되는 날 아침, 주인아저씨가 다급하게 문을 두드렸다.

"저, 일어나셨소?"

"아, 네! 네!"

주영이 부스스한 몰골로 문을 열자 아저씨가 살짝 노기를 띠며 말했다.

"아이고, 참말로 죽은 줄만 알았네. 배 안 고프셨는가? 시방 우리 아침 먹을라 하는데, 같이 드시죠."

그러고 보니 위가 쓰릴 만큼 배가 고팠다.

"저 괜찮습니다. 근처 식당에 가서 먹을게요."

신세를 지는 게 싫어 거절하려는데 아저씨가 붙잡았다.

"그러지 마시고 같이 드시죠. 숟가락 하나만 더 놓으면 되는데요, 뭐. 돈 받을 일 없으니 걱정 마시고요. 그냥 아들 같아서 그럽니다."

간단히 세수만 하고 쭈뼛쭈뼛 안채 주방으로 갔다.

식탁 앞에 교복을 입은 남자아이가 앉아 있었다. 딱 주빈이 나이 정도 되어 보이는 그 아이에게서 주영은 눈을 뗄 수가 없었다.

"승학아, 손님 앞에 수저 한 벌 좀 놔 드려라."

주인아주머니가 밥솥에서 밥을 푸며 아이를 향해 말했다.

"감사합니다. 잘 먹겠습니다."

밥은 정말 꿀맛이었다. 단숨에 밥그릇을 비운 뒤에야 그 아이에게 말을 걸었다.

"몇 학년이야?"

그 아이는 중학교 2학년이라고 했다. 딱 주빈이와 동갑이었다.

"야야, 늦겠다. 얼른 가자."

아저씨가 남은 밥을 한입에 넣고는 우물우물 씹으며 재촉했다. 학교가 멀어서 차로 데려다줘야 한다고 했다.

주영도 눈치껏 서둘러 일어났다. 자신이 먹은 그릇을 치우는데 주인아주머니가 주영을 향해 입을 열었다.

"저 하나만 여쭤도 될까요? 우리 승학이가 공부는 제법 잘하는데요, 그냥 이대로 두어도 되는 건지, 아님 짐 싸서 서울로 보내야 하는 건지 모르겠어요. 서울이랑 여기랑 교육 차이가 많이 날까요?"

주영은 갑작스러운 질문에 당황해 대답을 머뭇거렸다. 아주머니는 민망한 얼굴로 해명했다.

"아, 물어볼 데가 있어야 말이죠. 그냥 손님이 대학생 같아서 여쭤봤어요."

아주머니가 주영의 옷을 슬쩍 보았다.

세상에! 그러고 보니 주영이 입고 있는 티셔츠에 대학 로고가 찍혀 있었다. 오리엔테이션 때 단체로 맞춘 옷인데 그저 편해서 습관적으로 입은 것이었다. 이렇게 티를 내고 있을 줄이야.

"고등학교 가기 전에 서울로 올라가야 할까요? 물론 승학이 본인이 원해야 하지만요."

그렇게 말하는 아주머니를 보는데 이상하게 엄마가 떠올랐다. 아주머니는 일방적으로 길을 제시한 엄마와는 달리 자식의 의견을 먼저 생각하고 있었는데 말이다. 자식을 위한 거라면 뭐든 해 주고 싶어 하는 마음이 같아서였을까? 엄마가 그랬던 것도 다 주영 자신을 위한 마음이었을 테니까.

그런 생각이 주영이에게 생각지도 않은 말이 튀어나오게 만들었다.

"저, 괜찮다면 제가 승학이 공부 좀 봐 줄까요?"

아주머니의 눈이 커졌다.

"정말요?"

저 자신도 왜 그렇게 말했는지 알 수 없었다.

"저 사실 대학에 들어가기는 했지만 사정상 다니지는 않아요. 그만뒀거든요. 그래도 괜찮으시다면 제가 봐 줄게요."

"아이구, 선생님 고맙습니다."

돈을 받지 않겠다는 주영에게 아주머니는 정 그러면 숙박비를 면제해 주겠다고 했다. 처음에는 한 달 정도만 지내다 다른 곳으로 갈 생각이었는데 그렇게 그곳에서 지내는 기간이 점점 길어졌다.

**02**

승학은 정말 열심히 공부하며 따라왔다. 처음에는 그저 학습 방법을 알려 주려는 게 목적이었다. 주영이 제가 이런저런 시행착오를 겪으며 깨달은 것들을.

하지만 하다 보니 승학의 성적은 눈에 띄게 올라갔다. 그래서일까? 주영에게도 점점 욕심이 생겼다.

일이 점점 커지고 있었다. 승학이 영은이라는 친구 한 명을 데려오는 것을 시작으로 나중에는 민박집의 방 한 칸이 공부방이 되었다. 옆 마을까지 소문이 퍼지는 바람에 주영이 가르치는 아이들은 여섯이 되었다.

자연스럽게 수업비를 받게 되었고 그게 주영의 생계 수단이 되었다.

처음 의대에 합격하고는 세상을 가진 것만 같았다. 앞날은 탄탄대로만 펼쳐질 거라 생각했다. 목표를 이뤘으니까. 그 목표를 이룰 때까지 주영은 모든 걸 포기하고 살았으니까.

초반에는 즐겁고 감사한 마음으로 학교를 다녔다. 하지만 공부는 끝이 없었고 남들과의 경쟁은 계속됐다. 하루에도 머리가 터지도록 암기할 게 넘쳐났다. 거기까지는 그래도 그럭저럭 견딜 수 있었다. 지금까지 해 왔으니 조금만 더 버텨 보

자. 그러면 내가 원하는 삶이 짠, 하고 나타나겠지, 하면서.

문제는 실습을 시작하면서부터 일어났다. 해부학은 끔찍하고 괴로웠다. 의사가 되어 사는 삶이 행복할 것 같지 않았다.

"자네는 왜 의대에 지원했지?"

힘들어하는 주영에게 교수가 질문했고 그 질문에 주영은 아무 말도 할 수 없었다. 의대에 지원했을 때만 해도 다른 길은 생각해 보지도 않았다고, 생명을 지키고 살리는 일에 보람을 느끼고 살아 있음을 느낀다고 했다. 그런데 과연 자신이 그런지 알 수 없었다.

그걸 깨닫자 더 이상 버티기가 힘들었다. 힘들게 공부할 이유가 없었다. 목표가 사라지니 하루하루가 힘겨웠다.

자신의 마음을 엄마한테 이야기했다. 이 길이 맞는지 모르겠다고. 엄마는 들어 주지 않았다. 더 있다가는 자신을 포기할 것만 같았다. 그래서 도망쳐 나왔다.

삶은 참 아이러니했다. 얼마 전까지만 해도 그동안의 노력이 무의미하고 허탈하기만 했다. 엄마가 원망스러웠다. 어디서부터 잘못된 걸까 그 시작점을 찾았지만 알 수 없었다. 20년의 인생이 송두리째 잘못된 것 같았다. 공부밖에 모르면서 살았던 과거를 모두 부정했다.

하지만 의대를 목표로 공부한 삶이 지금 이런 삶을 가능하게 했다. 그렇다면 그 목표가 완전히 잘못된 게 아닐 수도 있지 않을까? 그 끝만 아주 살짝 틀어진 걸 수도 있겠다는 생각이 들었다.


## 03


시간은 금세 지나갔다. 주영은 시내에 있는 건물에 작은 공간을 얻어 정식으로 학원을 등록했다. '리스타트 학원'

비록 교실이 두 개뿐인 작은 학원이었지만 하루하루의 삶이 행복했다.

그렇게 지낸 지 일 년쯤 지난 날이었다. 수업을 시작하려고 교실 문을 열자 아이들이 수런대고 있었다.

"이거 내가 포대기 하고 싶은데……. 하루 노는 값이 5만 원이라니, 대박 아니냐!"

"야, 그걸 우리가 어떻게 하냐? 거기까지 가는 데만 서너 시간은 족히 걸릴 텐데!"

"내 말이. 차비만 해도 5만 원은 그냥 나가겠다."

그 말을 들은 주영이 물었다.

"포대기가 뭐야? 뭐가 서너 시간인데?"

승학이 휴대폰을 내밀었다.

"쌤, 어부바 앱 모르세요?"

주영이 처음 듣는다는 얼굴로 고개를 갸웃하자 승학이 휴대폰 화면을 주영의 얼굴 앞으로 들이밀었다.

휴대폰을 받아든 주영이 앱을 쭉 살폈다.

"쌤은 당연히 모르지. 고등학생만 가입할 수 있으니까."

영은이 승학을 탓하는 투로 말했다.

자신이 고등학생 때는 없던 앱이었다. '어디든 부르면 바로 달려갑니다.'를 줄인 도움 공유 앱이었다.

"너희도 여기 가입한 거야?"

주영 물음에 승학이 툴툴대며 대답했다.

"그러면 뭐 해요. 우리는 멀어서 할 수 있는 게 없는데요. 지들만의 리그죠, 뭐."

"야, 그래도 너희는 가입이라도 하잖아. 난 아예 들어가 보지도 못해."

범수였다. 범수는 머리가 뛰어나지만 학교 제도에 맞지 않아 학교를 그만두고 혼자 공부하며 중졸 검정고시를 준비하고 있었다.

중심에서 벗어났다는 이유만으로, 이 아이들은 많은 곳에서 소외되고 있었다.

주영은 바로 '앱'에 관련된 책 한 권을 샀다. 앱을 만드는 방법을 들여다봤지만 도통 무슨 말인지 알 수 없었다. 설사 만든다 할지라도 관리하는 데 시간을 많이 투자해야 했다. 그렇다면 다른 방법이 없을까?

주영은 고민 끝에 어부바 앱을 대신할 인터넷 카페를 만들어 보기로 했다. 아이들에게 어떤 내용이 들어가면 좋을지 물은 다음, 카테고리를 정리했다. 공부에 관한 정보를 나누는 카테고리, 고민을 털어놓는 카테고리, 물론 서로 돕고 도울 수 있는 도움 공유 카테고리도 빼놓지 않았다.

"카페 이름은 뭐로 하면 좋을까?"

아이들 모두 생각에 잠겼다.

"없는 거 없이 다 있단 뜻으로, '다이써 카페' 어때요?"

"다이써? 다이소 짝퉁 아니냐?"

"그러면 너는 뭐 기발한 생각 있냐?"

승학이 조용히 말했다.

"'비어 카페'는 어떠세요?"

"비어 카페?"

주영이 무슨 뜻이냐는 듯 눈을 크게 뜨며 되묻자 승학이 고개를 끄덕이며 대답했다.

"비하인드 어부바요."

영은이 기분 나쁘다는 듯 말했다.

"야, 왜 이름도 우리가 뒤로 밀려야 하는데? 비하인드가 뒤란 뜻 아니냐? 난 싫어!"

주영이 고개를 저었다.

"아니야. 좋은데, 비하인드. 비하인드가 '뒤에서 지지한다. 후원한다'라는 뜻도 있잖아. 뭔가 우리가 뒤에서 보이지 않게 돕는다는 느낌이 드는 이름인 것 같다. 좋아, 이름은 비어 카페다."

범수가 장난스러운 얼굴로 말했다.

"그럼 이름 지은 기념으로 우리 비어나 한 잔씩 할까요?"

아이들이 모두 웃음을 터뜨렸다.

가입 조건은 딱히 정하지 않았다. 누구나 들어올 수 있도록 한 다음, 먼저 주영이 아는 정보를 하나씩 올렸다. 자신이 겪었던 시행착오를 토대로 올리고 인강이나 교재에 관한 평도 실었다. 정보가 늘어날수록 가입자가 점차 늘기 시작했다. 가입한 이들은 정보를 얻는 대신 자신이 알고 있는 정보를 알려 주었다. 경험자들은 자신의 경험을 털어놓기도 했다. 도움 공유 카테고리는 자연스럽게 지역별로 나뉘어 서로 도움을 주고받았다. 그렇게 카페는 점차 활성화되어 갔다.

**04**

주영은 휴대폰 매장에서 나왔다. 새로 개설한 휴대폰을 가만히 들여다보았다. 1년 8개월 만이었다.

그동안은 학원에 설치한 유선 전화만 이용했다. 한 달에 한 번꼴로 아빠에게 생사를 확인하는 전화를 할 때는 공중전화를 이용했고.

휴대폰을 들고 가장 먼저 떠오른 건 동생 주빈이었다. 어떻게 지내고 있는지 궁금했다. 사실 어쩌면 이곳 아이들을 돌본 게 동생에게 미안한 마음을 대신한 것일지도 몰랐다. 이제는 그 마음을 주빈한테 직접 전하고 싶어졌다.

머릿속에 남아 있는 번호 열한 자리를 꾹꾹꾹 누르자 통화 연결음이 울렸다. 다섯 번쯤 울리도록 주빈은 전화를 받지 않았다. 막 끊으려는데 전화기에서 주빈 목소리가 들려왔다.

"여보세요."

주영은 잠시 말을 잇지 못했다. 목이 메었다. 가까스로 한마디가 목을 타고 흘러나왔다.

"형이야."

어디든 부르면 바로 달려갑니다 

# 작가의 말

가끔 뉴스에서 너무도 힘든 소식을 접합니다. 제목만으로도 손이 떨리고 가슴이 두근거리는 '묻지마 범죄 사건'입니다. 최근에도 또 한 번의 사건이 있었는데 하필 그곳이 제가 자주 가던 장소였습니다. 그래서인지 그 충격이 훨씬 더 크게 다가왔습니다. 너무 놀라 뉴스를 읽지도 못하고 있었지요.

그런데 그 제목 밑에 연관 뉴스가 하나 달려 있었습니다. 제목이 '10대 영웅'이었어요. 그 무섭고 끔찍한 현장에서 피해자를 지혈하고 도와준 청소년에 관한 이야기였습니다.

그제야 저는 사건을 들여다볼 용기가 생겼습니다. 가해자 역시 이제 갓 청소년기를 거친 청년이었습니다. 그 청년은 청소년기에 닥친 심리적 위기를 잘 이겨 내지 못해 그런 끔찍한 일을 저질렀다고 했습니다. 만약 그때, 힘들어 허덕일 때 누군가의 도움의 손길을 받을 수 있었다면 어땠을까?

그 두 청년이 하나의 이야기로 엮였습니다. 도움이 필요한 청소년과 도움을 주는 청소년. 청소년은 도움이 필요하기도 하지만 도움을 줄 수도 있는 힘을 가지고 있다고 생각했거든요. 이에 우리가 알게 모르게 그어 놓은 선의 안팎에 선 채 불안해하거나 상처받은 여섯 명의 아이가 '어부바 앱'을 통해 서로 연대하는 이야기를 만들게 되었습니다.

최근 저는 청소년 소설의 매력에 푹 빠졌습니다. 과연 저를 이리 매료시킨 힘이 무얼까? 글벗들과 이야기를 나누다 어쩌면 청소년이 아직 단단해지지 않았기 때문이지 않을까,라는 생각을 하게 되었습니다. 아직 단단해지지 않았다는 건 다시 말해 구부러지기 쉽고 유연해 변화할 가능성이 있다는 뜻이잖아요. 그건 또 다른 말로 희망일 것이고요. 저는 그런 청소년이야말로 세상을 변화시킬 수 있다고 생각합니다.

부족한 글을 선택해 주시고 이렇게 멋진 책으로 만들어 주신 슈크림북 대표님, 표지에 멋진 그림을 그려 주신 권서영 작가님 감사합니다. 덕분에 정말 매력적이고 감각적인 책을 선물 받았습니다. 아울러 이 책을 먼저 읽고 추천해 주신 허민영 선생님, 서가윤 선생님께 감사합니다. 책이 한층 더 빛날 수 있었습니다.

마지막으로 이 책을 선택하고 읽어 주신 독자님들께 감사한 마음을 전합니다. 조금이라도 마음이 말랑해지는 계기가 된다면 좋겠습니다.

김경미

# 추천사

생이 거대한 물결이라면, 삶은 그것을 타는 과정이다. 이 이야기는 파도에 잡아먹히지 않으려 안간힘을 쓰는 아이들의 여정을 따라간다. 혼자 버티기 버거워 '어부바 앱'을 찾는 아이들. 그리고 그들이 만드는 업고 업히는 '어부바 행렬'.

*"또 그런 마음이 들 땐 나를 불러. 언제든 달려갈게."*

마지막 장을 넘길 때쯤, 서로를 살리는 그 다정한 행렬에 내 어깨를 보태고 싶어졌다. 누군가의 어깨가 필요한 청소년에게 이 책을 건넨다.

전주 우림 중학교 사서 교사

허 민 영

# 추천사

웃음으로 결핍을 숨기고, 가시처럼 마음을 세운 아이들. 저마다 말하지 못한 상처를 안은 청소년들은 종종 자기 삶에서 한 발 물러나 서게 된다. 이 소설은 그 물러섬 이후, '어부바' 앱이라는 작은 연결 속에서 혼자가 아니라는 감각을 배워 가는 아이들의 이야기를 따라간다. 서로의 '포대기'가 되어 주는 경험은 아픔을 외면하지 않겠다는 선택으로 이어지고, 그 선택은 삶과 마음을 조용히 들어 올린다. 그렇게, 삶의 주체로 향하는 걸음들이 남는다.

전주 우림 중학교 국어 교사

서가윤